R.L.Stine
Fear Street · Blutiges Casting

FEAR STREET

R.L. Stine

Blutiges Casting
Dieser Auftritt wird dein letzter sein …

Aus dem Amerikanischen übersetzt
von Eva Hierteis

Mix
Produktgruppe aus vorbildlich
bewirtschafteten Wäldern und
anderen kontrollierten Herkünften

Zert.-Nr. GFA-COC-1223
www.fsc.org
© 1996 Forest Stewardship Council

ISBN 978-3-7855-6132-4
1. Auflage 2008
Titel der Originalausgabe: *Silent Night 3*
Copyright © 1996 Parachute Press, Inc.
Alle Rechte vorbehalten inklusive des Rechts zur vollständigen
oder teilweisen Wiedergabe in jedweder Form.
Veröffentlicht mit Genehmigung von Simon Pulse,
einem Imprint von Simon & Schuster Children's Publishing Division.
Fear Street ist ein Warenzeichen von Parachute Press.
© für die deutsche Ausgabe 2008 Loewe Verlag GmbH, Bindlach
Aus dem Amerikanischen übersetzt von Eva Hierteis
Umschlagillustration: Silvia Christoph
Printed in Germany (003)

www.loewe-verlag.de

1

Reva Dalby trommelte ungeduldig mit ihren weinrot lackierten Fingernägeln auf die Armlehne des Taxis und wartete darauf, dass die Ampel endlich auf Grün sprang. Der Fahrer hätte noch locker bei Gelb fahren können. Doch anscheinend war er einer von der vorsichtigen Sorte, der gleich einen Aufstand um das bisschen Schnee auf den Straßen machte. Dabei war die Fahrbahn nur leicht vereist. Nicht der Rede wert. Reva verzog genervt das Gesicht. Das war ja mal wieder typisch, wenn man es eilig hatte.

Nach einer halben Ewigkeit schaltete die Ampel wieder auf Grün. Der Taxifahrer gab Gas und lenkte den Wagen Richtung North Hills, die Villengegend von Shadyside, wo Reva wohnte.

Als er vor dem Herrenhaus vorfuhr, seufzte sie erleichtert auf.

Das wurde aber auch Zeit! Nach zwölf langen Wochen in dieser Zelle, die das Smith College *Zimmer* nannte, war sie endlich wieder zu Hause. Hatte ihr eigenes Zimmer, ganz für sich alleine. Mit eigenem Telefon und eigenem Bad. Und endlich war Schluss mit diesem widerwärtigen Mensafraß – zumindest für einen Monat. Kein Unterricht schon am frühen Morgen. Keine Zimmergenossin.

Na ja, nicht ganz, verbesserte Reva sich und warf dem zierlichen braunhaarigen Mädchen neben ihr auf dem Rücksitz des Taxis einen kurzen Blick aus dem Augenwinkel zu.

Grace Morton war im College ihre Zimmergenossin, und Reva hatte sie eingeladen, die Weihnachtsferien bei ihr zu verbringen. Aber Grace würde natürlich in einem der Gästezimmer schlafen, und damit hätte Reva immer noch massig Zeit für sich selbst.

„Was für ein Nobelschuppen", kommentierte der Taxifahrer, als er in der Auffahrt des Herrenhauses anhielt.

„Das ist ja wunderschön, Reva!", rief Grace begeistert.

„Hmmm", machte Reva nur. Sie stieg aus dem Wagen und sah zufrieden an dem großen, alten Haus hoch. Ein riesiger Lorbeerkranz mit roten Schleifen hing an der Haustür, und in den Fenstern brannten Kerzen.

„Wisst ihr, was sich als Weihnachtsschmuck auf dem Dach noch gut machen würde?", fragte der Taxifahrer, als er ihr Gepäck aus dem Kofferraum auslud.

„Nein, aber Sie werden es mir bestimmt gleich verraten", erwiderte Reva mit ironischem Grinsen.

„Der Weihnachtsmann mit seinen Rentieren", erklärte der Fahrer. „So ein riesiges Ding, bei dem die Lichter immer an und aus gehen."

Reva verdrehte die Augen. So was war doch absolut peinlich und billig. „Herzlichen Dank für den Tipp", sagte sie nur und drückte dem Fahrer einige Scheine in die Hand. „Unheimlich originell!"

„Reva, du hast das Trinkgeld vergessen", flüsterte Grace ihr zu, als der Fahrer kopfschüttelnd in den Wagen stieg.

Reva lachte. „Da muss er durch."

Sie lachte noch lauter, als der Taxifahrer zornig den Motor aufheulen ließ und mit quietschenden Reifen davonraste. Vielleicht lehrte ihn das, seine Meinung für sich zu behalten, wenn er nicht gefragt wurde.

Grace sah sie erschrocken an. „Aber es ist doch Weihnachten", wandte sie ein.

Reva zuckte die Schultern. „Dann spende ich sein Trinkgeld eben einer Wohltätigkeitsorganisation, okay? Komm, wir gehen rein. Nein, nein, lass die Taschen stehen. Dafür haben wir doch Hausangestellte."

Schnell eilte Reva die Stufen hinauf, um dem schneidend kalten Dezemberwind zu entkommen, und drückte die Haustür auf.

Die Eingangshalle war leer und düster.

Als Reva mit Grace über den Marmorboden auf die große Treppe zuging, zerriss ein spitzer Schrei die Stille. Dann ertönten hastige Schritte oben auf der Treppe, rasten die Stufen herunter, und mit einem Satz landete eine kleine Gestalt direkt vor Grace' Füßen.

Grace schrie auf und wich zurück.

Reva verzog genervt das Gesicht. „Michael!", fauchte sie ihren acht Jahre alten Bruder an. „Du hast uns vielleicht einen Schreck eingejagt!"

„Ich bin nicht Michael!", brüllte Michael. „Ich bin der grausame Rächer. Der mächtigste Ninja-Krieger aller Zeiten!"

Seine blauen Augen, die er zu schmalen Schlitzen verengt hatte, funkelten bedrohlich. Dann vollführte er mehrere schnelle Armbewegungen und sprang mit einem Satz in die Hocke. Langsam umkreiste er Grace.

Grace wich nervös zurück.

Bevor Reva ihn aufhalten konnte, wirbelte Michael herum und kickte seinen Fuß in die Luft. Er verfehlte Grace' Kinn nur um Haaresbreite.

„Michael!", kreischte Reva. Blitzschnell packte sie ihn am Arm. „Du hättest sie fast im Gesicht getroffen!"

Michael entwand sich ihrem Griff mit einem Lachen. „Wenn ich gewollt hätte, hätte ich sie erwischt. Aber ich habe absichtlich danebengezielt", rief er und ließ wieder seine Hände durch die Luft sausen. „Wenn ich will, dann könnte ich ihr den Kopf abschlagen!"

Reva atmete tief durch und wandte sich an Grace, die Michael misstrauisch beäugte. Ihr rundes Gesicht war ganz bleich geworden. „Michael, das ist Grace Morton, meine Mitbewohnerin aus dem College. Sie wird die Weihnachtsferien bei uns verbringen."

„Ich *bin nicht* Michael", wiederholte Michael. Er drehte sich einmal um die eigene Achse und trat abermals in die Luft. „Ich bin der grausame Rächer, verstanden?" Und mit einem letzten Kampfschrei rannte er wieder die Treppe hinauf.

Reva atmete erleichtert auf. „Anscheinend hat Daddy nicht übertrieben", murmelte sie.

„Wie meinst du das?" Grace ließ sich auf die unterste Treppenstufe sinken, als würden ihre Beine ihr jeden Moment den Dienst versagen.

„Er hat mir erzählt, dass Michael in letzter Zeit völlig in Gewaltfantasien aufgeht", erklärte Reva. „Daddy meint, dass es mit meiner Entführung zu tun haben könnte." Ihr lief ein kalter Schauer über den Rücken, als sie an Weihnachten vor einem Jahr zurückdachte. Damals hatten Kidnapper sie in ihre Gewalt gebracht – und sie hatte nicht gedacht, das nächste Weihnachten noch zu erleben. „Auf jeden Fall macht er sich ziemlich Sorgen um Michael."

„Kann ich verstehen." Grace kaute auf ihrer Unterlippe herum und blickte sich nervös um. Dann sprang sie plötzlich auf und packte Reva am Arm.

„Was ist?", fragte Reva ungehalten. Machte Grace jetzt einen Riesenaufstand, nur weil ein kleines Kind sie ein bisschen erschreckt hatte?

„Da ist jemand an der Tür!", flüsterte Grace tonlos.

Die Eingangstür schwang auf, und Reva fuhr herum.

Eines der Hausmädchen trat ein. Sie trug die beiden Reisetaschen der Mädchen. Ihr folgte mit zwei Koffern ein athletischer, gut aussehender Mann, dessen schwarze Haare an den Schläfen bereits ergraut waren.

„Daddy!", rief Reva. Sie rannte das Hausmädchen fast über den Haufen und fiel ihm um den Hals.

„Als ich vor dem Haus anhielt und die Koffer sah, wusste ich gleich, dass mein Mädchen zu Hause ist!", sagte Robert Dalby. Er stellte das Gepäck ab und umarmte seine Tochter. „Und du musst Grace sein", fügte er mit einem Blick über Revas Schulter hinzu. „Herzlich willkommen!"

Grace lächelte ihn an und schüttelte ihm die Hand. Reva hatte ihren Arm noch immer um seine Taille geschlungen, als sie ins Wohnzimmer hinübergingen.

„Daddy, du hast ja keine Ahnung, wie froh ich bin, wieder zu Hause zu sein!" Sie gab ihm einen Kuss auf die Wange, dann ließ sie sich in eines der weichen Samtsofas sinken. „Die Zeit bis zu den Weihnachtsferien hat sich gezogen wie Kaugummi."

Mr Dalby schmunzelte und nahm in einem Sessel Platz. „Sie gehen da wohl nicht gerade zimperlich mit euch um, was?"

„Es ist sogar noch schlimmer, als ich es mir vorgestellt hatte", sagte Grace, die sich neben Reva gesetzt hatte. „Findest du nicht auch, Reva?"

Reva gähnte. „Der Unterricht langweilt mich meistens, ehrlich gesagt. Und die anderen Mädchen sind ziemlich unreif und kleiden sich total geschmacklos. Es wäre mir richtig peinlich, jemanden von ihnen hierher mitzubringen. Außer dir natürlich, Grace."

„Vielleicht solltest du ihnen einmal eine Typberatung bei *Dalby's* vorschlagen?", meinte ihr Vater und grinste breit. Robert Dalby war der Besitzer von *Dalby's*, einem großen Nobelkaufhaus in Shadyside, und weiteren Filialen im ganzen Land. „Wo wir gerade vom Kaufhaus reden", sagte er zu Reva. „Du hast nicht vielleicht Lust, dort über Weihnachten ein bisschen zu jobben?"

„Auf gar keinen Fall", entgegnete Reva.

„Ich könnte deine Hilfe wirklich brauchen, und du würdest dir ein bisschen was dazuverdienen", sagte ihr Vater.

„Ich habe genug Taschengeld", erklärte Reva. Sie seufzte und ließ den Kopf theatralisch auf die Sofalehne sinken. „Außerdem halte ich diese Weiber dort einfach nicht aus, die aus ihren zu engen Stretchhosen quellen."

„Mit ihnen verdienen wir aber unser Geld, mein Schatz", sagte Mr Dalby.

„Klar, aber deshalb muss ich die Kundinnen ja noch lange nicht mögen, oder?" Mit einem Lachen sprang Reva auf. „Komm, Grace, ich zeige dir dein Zimmer. Es hat ein eigenes Bad mit Whirlpool. Es wird dir gefallen."

Reva gab ihrem Vater einen weiteren Kuss auf die Wange, dann führte sie Grace nach oben in eines der Gästezimmer. Grace' Gepäck stand schon fein säuberlich aufgereiht neben dem Himmelbett. „Das Hausmädchen packt wahrscheinlich gerade meine Koffer aus", erklärte Reva. „Wenn sie damit fertig ist, schicke ich sie zu dir."

„Ach, das musst du nicht", erwiderte Grace. „Ich mache das lieber selbst."

Reva zuckte die Schultern. „Ganz wie du willst. Wir sehen uns dann nachher zum Abendessen, ja?" Damit zog sie die Tür hinter sich zu und schlenderte über den Flur zu ihrem eigenen Zimmer.

Das Hausmädchen stand vor dem großen begehbaren Kleiderschrank und hängte gerade eine blaue Seidenbluse auf einen samtbezogenen Bügel.

„Hast du Tomaten auf den Augen? Siehst du nicht den Fleck vorne auf der Bluse?", fuhr Reva sie an. „Die gehört in die Wäsche."

„Tut mir leid, Miss Dalby", sagte das Hausmädchen schnell, nahm die Bluse vom Bügel und legte sie sich über den Arm. „Ich habe den Fleck übersehen."

„Das habe ich gemerkt." Mit gerunzelter Stirn ging Reva zu ihrer Kommode und begann, sich vor dem Spiegel die Haare zu bürsten. Sie lächelte ihrem Spiegelbild zu. Rote Locken, porzellanweiße Haut und eisblaue Augen.

Der genervte Gesichtsausdruck kehrte zurück, als sie ihre Angestellte dabei beobachtete, wie sie zwischen dem Schrank und dem Bett hin und her lief.

„Wenn Sie mich nicht mehr brauchen, Miss Dalby, dann würde ich jetzt bei der Zubereitung des Abendessens helfen", sagte das Hausmädchen.

„Nur zu." Als das Hausmädchen gegangen war, stellte Reva sich unter die Dusche. Sie zog eine schwarze Wollhose und eine weinrote Satinbluse an. Dann föhnte sie sich schnell das Haar, warf einen letzten Blick in den Spiegel und ging Grace abholen.

Reva klopfte einmal an, dann trat sie ein.

Grace saß auf dem Bett. Sie hielt das Telefon so fest umklammert, dass ihre Fingerknöchel weiß hervortraten.

Als sie Reva bemerkte, blickte sie auf.

Reva stockte der Atem.

In Grace' braunen Augen stand das pure Entsetzen.

„Grace, was ist los mit dir?", fragte sie. „Was hast du?"

Grace legte die Hand über die Sprechmuschel. „Es ist Rory", flüsterte sie mit bebender Stimme. „Er … er weiß, dass ich hier bin. Oh Reva, ich habe so Angst! Wie hat er mich nur gefunden?"

2

„Ich verstehe es einfach nicht!", flüsterte Grace. Ihre Hand, die das Telefon hielt, zitterte leicht. „Woher weiß Rory, dass ich hier bei dir bin?"

Reva verdrehte die Augen. Um darauf zu kommen, musste man kein Superhirn sein. „Vielleicht hast du dich verplappert?"

Grace schüttelte den Kopf. „Nein, auf keinen Fall!", widersprach sie energisch.

„Dann hast du es eben einem anderen Mädchen aus dem College erzählt", sagte Reva ungeduldig. „Und *sie* hat es weitergetratscht."

„Nein, ich habe niemandem auch nur ein Sterbenswörtchen …" Plötzlich nahm Grace ihre Hand von der Sprechmuschel. „Bitte, Rory!", sagte sie mit flehender Stimme. „Lass mich doch einfach in Ruhe. Nein. Nein, ich will mich nicht mit dir treffen. Nein … bitte nicht. Komm auf gar keinen Fall her, Rory. Das ist mein Ernst. Sonst rufe ich die Polizei. Und glaub mir, ich mache keine Scherze!"

Während Grace weiter mit Rory diskutierte, ging Reva zu dem blumengemusterten Armsessel am Fenster hinüber und ließ sich hineinfallen. Sie blickte hinaus auf den tief verschneiten Park, der das Herrenhaus umgab, und hing ihren Gedanken nach. Ihr fiel wieder ein, wie Grace ihr zum ersten Mal von Rory Givens erzählt hatte.

Reva hatte mit einigen Büchern im College auf ihrem unbequemen Bett gelegen und für eine Französischprüfung gelernt, als die Tür auflog und Grace ins Zimmer gestürmt kam. Sie schlug die Tür krachend hinter sich zu und lehnte sich laut keuchend mit dem Rücken dagegen.

„Spielt ihr Verstecken oder Fangen oder was?", fragte Reva und starrte Grace' feuerrotes Gesicht an.

„Ich ... ich hab was gesehen ...", stammelte Grace, die noch immer nach Atem rang. Dann drehte sie sich um und begann, hektisch mit dem Schlüssel herumzufummeln.

„Du weißt doch, dass das Schloss nicht mehr richtig funktioniert", erinnerte Reva sie. „Und jetzt sag endlich, was mit dir los ist. Was hast du gesehen?"

„Nicht was – *wen*", antwortete Grace mit brüchiger Stimme.

„Na gut, dann also *wen*." Reva schob ihre Französischbücher zur Seite. „Mach's nicht so spannend."

Grace holte tief Luft. „Ich habe Rory gesehen. Er stand vor der Bibliothek, als ich rauskam. Zumindest glaube ich, dass er es war. Ich bin mir nicht hundertprozentig sicher, aber es würde mich nicht wundern. So was passt zu ihm."

„Langsam, langsam." Reva hob beschwichtigend die Hände. „Ich verstehe kein Wort, das musst du mir erklären. Wer ist dieser Rory?"

„Stimmt, ich habe dir ja noch nie von ihm erzählt." Zögerlich ging sie zu Reva hinüber und setzte sich zu ihr auf die Bettkante. „Rory Givens ist mein Freund." Sie schüttelte den Kopf. „Oder besser: Er *war* mein Freund."

„Was ist passiert?", fragte Reva.

„Er ist verrückt – das ist passiert!", erwiderte Grace, und es war ihr richtig anzumerken, dass ihr ein kalter Schauer über den Rücken lief. „Er ist total durchgeknallt und eifersüchtig und schrecklich besitzergreifend. Wenn ich einen anderen Jungen nur angeschaut habe, ist er jedes Mal ausgerastet." Sie zog die Beine an und schlang die Arme um die Knie. „Deshalb habe ich mit ihm Schluss gemacht."

Reva schnaubte unwillig. „Na, das will ich ja wohl hoffen!"

„Es war schrecklich", fuhr Grace fort. „Rory meinte, er würde mich niemals gehen lassen, und er ist furchtbar wütend geworden. Ich hätte nie gedacht, dass er so sein könnte. Ein paar Wochen danach bin ich im Einkaufszentrum zufällig seinem Bruder Terry über den Weg gelaufen. Terry ist das genaue Gegenteil von ihm – ruhig und eher schüchtern. Wir haben uns nett unterhalten, und er hat mich nach Hause gefahren. Ich winkte ihm nach und ging durch den Vorgarten zur Haustür. Doch dort wartete schon Rory auf der vorderen Veranda."

„Oh, oh!"

Grace nickte. „Da wurde mir klar, dass Rory wirklich verrückt ist. Er sah mich an, als wolle er mich umbringen. Er schrie, ich hätte sein Leben zerstört und dass er mir das heimzahlen würde – darauf könnte ich Gift nehmen. Und dann ... dann schlug er mich!"

Reva stockte der Atem.

„Er stieß mich zu Boden und schlug mit seinen Fäusten auf mich ein. Mein Gesicht war ganz blutig, und ich hatte überall blaue Flecke. Und fast jede Nacht verfolgt er mich in meinen Träumen."

Reva schüttelte fassungslos den Kopf. „Wenn mir das jemand antun würde, wäre er schneller hinter Gittern, als er bis drei zählen kann."

„Meine Eltern haben natürlich sofort die Polizei eingeschaltet, aber er musste nicht ins Gefängnis. Und er hat mich trotzdem weiterhin bedroht. Er rief mitten in der Nacht an, lauerte mir nach der Schule auf und verfolgte mich auf dem Heimweg. Ich konnte es kaum erwarten, endlich ins College zu kommen. Ich dachte, dass ich hier im Smith College sicher vor ihm wäre und der Spuk damit ein Ende hätte."

„Wie es aussieht, ist die Sache aber noch lange nicht ausgestanden, wenn du dieses Schwein wirklich vor der Bibliothek gesehen hast."

„Na ja, ich bin mir wie gesagt nicht ganz sicher", meinte Grace. „Aber auch wenn ich mich diesmal getäuscht habe – es ist nur eine Frage der Zeit, bis er hier auftaucht. Er hat mich hier im College auch schon angerufen – also auf dem Festnetz. Und mir einen Drohbrief geschickt. Er schrieb, dass er noch lange nicht mit mir fertig sei ..."

Grace' Stimme holte Reva aus ihren Gedanken zurück. Sie starrte Grace an, wie sie in ihrem Gästezimmer auf dem Bett saß und Rory verzweifelt anflehte, sie endlich in Ruhe zu lassen.

So würde das nie etwas werden, dachte Reva. Grace klang so schwach und weinerlich. Auf diese Weise konnte sie jemanden wie Rory Givens ganz sicher nicht in die Flucht schlagen.

Reva seufzte. Warum hatte sie Grace nur hierher eingeladen? Ferien waren schließlich dazu da, dass man sich entspannte und jede Menge Spaß hatte. Und das Letzte, was sie brauchen konnte, war Ärger mit den durchgeknallten Exfreunden anderer Leute.

Natürlich hatte Grace Angst davor gehabt, in den Weihnachtsferien nach Hause zu ihren Eltern zu fahren. Denn dort wartete Rory bereits auf sie. Deshalb hatte Reva sie gefragt, ob sie die Ferien bei ihr verbringen wollte.

Reva zwang sich zu einem Lächeln, als Grace schließlich das Gespräch beendet hatte. Vielleicht bekam sie ja eine Auszeichnung von Amnesty International für ihr

Engagement, dachte sie. „Und, hast du ihm gesagt, dass er bleiben soll, wo der Pfeffer wächst?", fragte sie.

„Ich habe es zumindest versucht." Grace' braune Augen wirkten in ihrem bleichen Gesicht noch größer als sonst, ihre Stimme zitterte. „Er hört sich noch schlimmer an als früher, Reva. Er ist so verbittert und so zornig … Reva, ich habe solche Angst. Ich weiß nicht, was ich tun soll."

„*Dein* Problem", dachte Reva gleichgültig. „Fahr am besten nach Hause zu deiner Mami."

Kurz darauf läutete das Telefon erneut, und Reva stand auf, um ranzugehen.

Sie griff nach dem Hörer.

„Nein!" Grace schlug ihr die Hand weg. „Geh nicht ran!"

„Was soll das?", schrie Reva.

„Geh nicht ran!", wiederholte Grace, und in ihren Augen stand blanke Angst. Sie hielt die Hand abwehrend über das klingelnde Telefon. „Das ist Rory. Ich weiß es genau!"

3

„Komm schon, Reva, heb ab!" Pam Dalby, Revas Cousine, lauschte am anderen Ende der Stadt in dem heruntergekommenen Haus ihrer Familie in der Fear Street dem Tuten des Telefons. „Na, mach schon!"

„Vielleicht ist sie nicht zu Hause", meinte Pams Freundin Willow Sorenson.

„Sie *ist* zu Hause", erwiderte Pam grimmig. „Ich weiß sicher, dass sie heute angekommen ist. Warum geht sie nicht an das verdammte Telefon?"

Willow zuckte die Schultern und machte sich eine Dose Cola auf. „Hat sie keinen Diener, der ihre Anrufe entgegennimmt?", fragte sie.

„Vergiss es", antwortete Pam. „Niemand außer ihr darf an ihren Privatanschluss. Darauf steht quasi die Todesstrafe."

„Und wenn du dich verwählt hast?", meinte Willow. „Leg auf, und versuch es noch einmal."

Pam schüttelte den Kopf. Sie wusste, dass sie sich nicht verwählt hatte. Ihre Cousine Reva nahm einfach nicht ab.

„Als ob sie ahnen würde, dass ich es bin. Als ob sie extra nicht ans Telefon geht, um mir eins auszuwischen", dachte Pam erbost. Na gut, das Spielchen konnte sie mitspielen. Sie würde es einfach so lange klingeln lassen, bis Reva wahnsinnig wurde und irgendwann doch ranging.

Seufzend lehnte sie sich in ihrem zerschlissenen Sessel zurück und klemmte den Hörer zwischen Schulter und Ohr ein. Sie nahm ein langes kirschrotes Tuch, das über der Armlehne hing, und ließ es durch ihre Finger gleiten.

„Reva schuldet mir einen Gefallen", dachte sie und ließ ihren Blick durch das Wohnzimmer schweifen. Es brauchte dringend einen neuen Anstrich, die Möbel waren abgewetzt, und an manchen Stellen war der Teppich so abgetreten, dass man schon die morschen Holzdielen durchscheinen sah. Aber Reparaturen am Haus waren ein Luxus, den sich ihre Familie nicht leisten konnte.

Genauso wenig wie das College.

Pam seufzte. Warum waren nicht ihre Eltern die reichen Dalbys?

Sie wäre an mehreren Colleges aufgenommen worden, doch für ein Stipendium waren ihre Noten nicht gut genug. Um selbst das Geld für die Collegegebühren zu verdienen, hatte sie einen Job als Schreibkraft bei der *Acme*-Versicherung angetreten. Dort hatte sie Willow kennengelernt, und sie hatten sich angefreundet.

„Hey!", unterbrach Willow ihre Gedanken. „Wie lange willst du es denn noch klingeln lassen?"

„So lange wie nötig."

Willow schüttelte den Kopf. Sie packte einen Kaugummi aus und schob ihn sich langsam in den Mund. Das winzige Piercing in ihrem linken Nasenflügel bewegte sich ein wenig mit, als sie kaute, und funkelte rötlich.

Willow hatte Pam schon einige Male überreden wollen, sich auch die Nase piercen zu lassen, aber Pam wollte nicht. Bei Willow sah es ganz gut aus. Es passte zu ihren kurzen kupferblonden Haaren und dem winzigen Tattoo in Form eines orangefarbenen Blitzes, das sie auf der rechten Schulter hatte.

Pam betrachtete sich im Spiegel über dem Kamin. Hellgrüne Augen, lange blonde Haare, die zu einem Pferdeschwanz gebunden waren, und ein rundes, freundliches Gesicht. Die Art von Gesicht, wie man es aus Anzeigen für Patchworkdecken oder Bratpfannen und Töpfe kannte. Ein Nasenpiercing passte einfach nicht ins Bild.

Das Telefon tutete noch immer. „Nun nimm schon ab, Reva!", drängte Pam. Sie wickelte das rote Tuch um ihre Hände. „Sonst erdrossle ich dich damit!"

„Komm, lass gut sein", murmelte Willow und kaute ungeduldig auf ihrem Kaugummi herum. „Versuch es einfach ein andermal."

„Warte, ich glaube, jetzt tut sich was", unterbrach Pam sie und setzt sich im Sessel gerade auf. Zuerst war nur ein gedämpftes Flüstern zu vernehmen, dann ertönte Revas Stimme, die ziemlich verärgert klang. „Hallo?"

„Hi, Reva, ich bin's, Pam."

„Pam?" Reva klang einen Moment lang verwirrt. „Ach – Pam. Warte mal einen Augenblick."

Erneut gedämpftes Gemurmel, dann war Reva wieder am Apparat. „Hi, ich hab nur kurz was zu meiner Zimmergenossin Grace gesagt. Sie verbringt die Ferien bei mir."

„Das ist ja nett. Ich wollte mich nur mal melden, jetzt wo du wieder zu Hause bist", sagte Pam. „Wie ist es so im Smith College?"

„Bitte erwähne das Wort *College* nicht in meiner Gegenwart." Reva stieß einen lauten Seufzer aus. „Es ist so grässlich langweilig!"

„Echt? Ich dachte, es würde Spaß machen", entgegnete Pam.

„Da hast du falsch gedacht", gab Reva zurück. „Es gibt sogar einen richtigen Zapfenstreich. Und wenn wir ausgehen wollen, müssen wir uns abmelden. Nicht zu fassen, oder? Die behandeln uns wie Kleinkinder. Du kannst von Glück sagen, dass du ein ganz normales Leben führst, Pam."

Na klar, dachte Pam bitter. Als ob sie eine andere Wahl gehabt hätte.

„Ich meine, du arbeitest, verdienst Geld, lernst wichtige Leute kennen, gehst zu Geschäftsessen und so", fuhr Reva fort.

Richtig. Fünf Dollar die Stunde. Geschäftsessen Fehlanzeige. Und das Essen in der Mittagspause bestand aus einem mitgebrachten Sandwich. Pam biss sich auf die Zunge und unterdrückte den Impuls, Reva anzufauchen. Es fiel ihr schwer, sich zusammenzureißen, denn Reva wusste ganz genau, wie gern Pam aufs College gegangen wäre. Aber Reva hatte sich eben schon immer einen Spaß daraus gemacht, den Finger in die Wunden anderer zu legen.

„Weil wir gerade vom Geschäft sprechen", lenkte Pam das Thema um, „ich wollte mit dir über etwas reden." Sie breitete das Tuch auf ihren Knien aus und strich es glatt. Es war wunderschön – aus feinster Seide, auf die winzige goldene Schneeflocken aufgemalt waren.

„Aha", machte Reva misstrauisch. „Um was für Geschäfte geht es denn?"

„Ich und meine Freundin Willow, die bei derselben Versicherung arbeitet wie ich, wir haben zusammen einen Handarbeitskurs belegt, in dem wir Weihnachtsgeschenke gemacht haben."

„Verstehe, selbst gebastelte Geschenke. Wie niedlich."

Pam ignorierte den Hohn in Revas Stimme. „Wir haben die Sachen nicht gemacht, um sie zu verschenken", erklärte sie. „Wir wollen sie verkaufen. Und wir dachten, dass dein Vater sie vielleicht in seinen Läden ausstellen könnte."

Reva räusperte sich. „Ehrlich gesagt, Pam, hat *Dalby's* keine Häkeldeckchen im Sortiment."

Pam biss die Zähne aufeinander. Reva war so eine eingebildete Zicke. „Es sind keine Häkeldeckchen", entgegnete sie betont fröhlich. „Weißt du was, Willow und ich kommen einfach kurz bei euch vorbei."

„Jetzt?"

„Nur für zehn Minuten", versprach Pam ihr. „Wir würden dir unsere Sachen wirklich gern zeigen."

„Na gut. Okay, warum nicht", meinte Reva. „Dann könnt ihr auch gleich meine Zimmergenossin Grace kennenlernen."

„Super! Danke, Reva. Wir sind gleich da." Pam legte auf und sprang vom Sessel auf. „Komm, wir machen uns sofort auf den Weg", sagte sie zu Willow. „Es geht los."

„Hat uns die Prinzessin tatsächlich eine Audienz gewährt?", fragte Willow ironisch.

Pam nickte, und die beiden begannen, die langen Tücher, die auf dem Esstisch ausgebreitet lagen, einzusammeln. Sie legten sie vorsichtig zusammen und steckten sie in Tüten. „Ich habe zwar überhaupt keine Lust, bei Reva hausieren zu gehen", erklärte sie, „aber ihr Vater erfüllt ihr so ziemlich jeden Wunsch. Und wenn unsere Tücher ihr gefallen, dann wird Onkel Robert sie auf jeden Fall nehmen, verstehst du?"

Willow griff sich eine der Tüten sowie ihren Autoschlüssel. Pam folgte ihr mit der anderen Tüte nach draußen. Sie stiegen in Willows verbeulten Golf und fuhren durch die Fear Street davon.

„Wo wohnt sie denn?", fragte Willow.

„In North Hills", sagte Pam. „Wo sonst?"

Willow stieß einen Pfiff aus. „Sehr schick. Ich wollte schon immer mal eine der Villen dort von innen sehen."

Pam grinste. „Wenn wir noch ein paar von diesen Tüchern machen, kannst du bald selbst in einer leben."

„Ja klar", stimmte Willow zu. „Hey, und wenn die Tücher *der* Verkaufsschlager werden, dann entwickeln wir eine ganze Produktlinie. Nicht nur Tücher, sondern auch Klamotten und so!"

„Wir könnten ein eigenes Label gründen", spann Pam den Gedanken begeistert fort. „Wir sind die Designer und lassen andere für uns nähen."

„Und wir müssten nie wieder einen Fuß in die Versicherung setzen", fügte Willow noch mit einem Lachen hinzu. „Ich kann es gar nicht erwarten, Mr Scott die Kündigung auf den Schreibtisch zu knallen. Hoffentlich gefallen deiner Cousine die Tücher auch wirklich."

„Ganz bestimmt", versicherte Pam ihr. „Denn eines muss man Reva lassen – sie hat Geschmack."

Fünfzehn Minuten später hielten die Mädchen vor dem Herrenhaus der Dalbys an. Während sie tausend Pläne schmiedeten, was sie mit dem Geld, das der Verkauf ihrer Tücher bringen würde, alles machen wollten, liefen sie mit ihren Tüten zur Eingangstür und klingelten.

Pam strich sich die Haare hinters Ohr und ärgerte sich, dass sie sich nicht die Zeit genommen hatte, ihre Frisur zu richten. Hier in Revas Haus kam sie sich immer wie eine graue Maus vor.

„Hör auf, dir solche Gedanken zu machen!", schalt sie sich selbst. „Reva ist kein bisschen besser als du – sie hat nur mehr Geld."

Die Eingangstür öffnete sich, und ein Hausmädchen sah sie fragend an. „Ja, bitte?"

„Hallo, erinnern Sie sich noch an mich? Ich bin Pam, Revas Cousine", sagte Pam. „Reva erwartet uns bereits." Sie hob die Tüte an, die sie neben sich auf den Stufen abgestellt hatte, und wartete, dass das Dienstmädchen sie hereinbat.

Aber die junge Frau machte keinerlei Anstalten. „Es tut mir leid", sagte sie, „aber da muss ein Missverständnis vorliegen."

„Wie meinen Sie das?", fragte Pam.

„Miss Dalby ist nicht zu Hause."

„Was? Ich habe vor zwanzig Minuten mit ihr telefoniert", wandte Pam ein. „Wir haben uns hier verabredet."

„Davon weiß ich nichts", erklärte das Hausmädchen. „Miss Dalby und ihre Freundin haben vor wenigen Minuten das Haus verlassen."

„Aber es war ausgemacht, dass wir herkommen", beharrte Pam.

Das Hausmädchen schüttelte den Kopf. „Vielleicht haben Sie da was falsch aufgefasst. Aber ich werde ihr selbstverständlich ausrichten, dass Sie da waren." Damit schloss sie die Tür und ließ Pam und Willow auf den Stufen stehen.

Willow schüttelte den Kopf. „Wie es aussieht, hatte das Prinzesschen etwas Besseres vor."

Pams Gesicht brannte vor Zorn. „Das war kein Missverständnis!", knurrte sie, als sie und Willow zum Auto zurückliefen. „Ich habe da überhaupt nichts falsch aufgefasst. Reva wusste genau, dass wir herkommen. Sie wollte einfach nur mal wieder ihre Macht demonstrieren."

Willow drehte sich noch einmal um und warf einen Blick zurück auf das Herrenhaus. Ihre blassblauen Augen verengten sich zu schmalen Schlitzen. „Mach dir nichts draus", murmelte sie. „Wir werden es ihr schon irgendwie heimzahlen."

Pam starrte sie an. „Wie bitte? Was hast du gesagt?"

„Ach, nichts." Willow kaute wie wild auf ihrem Kaugummi herum und lächelte dünn. „Ich habe nichts gesagt."

4

Reva hatte einen schrecklichen Albtraum gehabt.
Wieder einmal.
Damals bei ihrer Entführung hatten sich entsetzliche Dinge zugetragen – es war kein Wunder, dass sie Albträume davon bekam.
Stöhnend strich sie sich das verschwitzte Haar aus der Stirn und setzte sich im Bett auf.
Sie tastete nach ihrem Lichtschalter, als plötzlich in der Dunkelheit zwei Hände nach ihr griffen. Reva schrie und rollte sich zur Seite weg. Doch sie verhedderte sich in ihrer Bettdecke, sodass sie nicht aufstehen konnte. In ihrer Angst schlug sie wild um sich.
Als ihre Faust ein Ziel fand, ertönte ein Stöhnen. „Reva!", heulte eine Stimme auf. „Willst du mich umbringen?"
Reva hielt inne. „Michael?"
„Wer denn sonst?", fauchte ihr kleiner Bruder wütend.
Reva starrte ihn an, langsam erkannte sie seine Umrisse in der Dunkelheit. Seine blauen Augen waren weit aufgerissen, die roten Haare verstrubbelt. „Was hast du hier zu suchen?", fragte sie mit scharfem Ton. „Du hast mich zu Tode erschreckt."
„Ja, und du hast mich fast erschlagen", gab Michael zurück und rieb sich den Arm. „Damit sind wir quitt."
Reva seufzte und ließ sich zurück in ihr Kissen fallen. Zuerst der Albtraum und jetzt Michael. Würde sie jemals in Ruhe schlafen können? „Was hast du hier in meinem Zimmer verloren?", wiederholte sie ihre Frage.

Michael sprang zu ihr aufs Bett. „Es ist wegen dieser Grace", flüsterte er.

„Wieso, was ist mit ihr?"

„Sie hat mich aufgeweckt. Also, ich bin von ihrer Stimme aufgewacht", erklärte Michael. „Sie hat sich irgendwie total unheimlich angehört."

Reva verdrehte genervt die Augen. Wenn sie geahnt hätte, dass Grace ihr so viel Ärger bereiten würde, hätte sie sie nie im Leben eingeladen. „Schalt das Radio ein, damit du sie nicht hörst", sagte sie zu Michael und gähnte. „Oder zieh dir die Decke über die Ohren. Oder zähl Schäfchen."

„Nein, ich kann nicht mehr einschlafen", widersprach Michael. „Und du sollst jetzt auch nicht einfach weiterschlafen."

„Zisch ab", sagte Reva und unterdrückte ein Gähnen.

„Nein!" Michael zog ihr die Bettdecke weg. „Wir müssen nachgucken, ob bei Grace alles in Ordnung ist!"

Reva starrte an die Decke und zählte langsam bis zehn. „Okay, okay. Ich gebe mich geschlagen", murmelte sie genervt. Sie knipste die Nachttischlampe an, schwang die Beine über den Bettrand und stand auf. Ihr Wecker zeigte Viertel nach zwei an. Sie konnte nur für Grace hoffen, dass es einen guten Grund für ihr nächtliches Theater gab.

„Beeil dich!", drängte Michael, als Reva umständlich ihren Seidenkimono zuband.

„Michael, kein Grund zur Panik", versuchte sie ihren Bruder zu beruhigen. „Wahrscheinlich hat Grace einfach nur im Schlaf geredet." Sie knotete den Gürtel zu und ging zur Tür.

Der Flur war leer. Reva nahm Michael an der Hand und brachte ihn in sein Zimmer zurück. „Danke, dass du mir

Bescheid gesagt hast", sagte sie. „Ich bin mir sicher, dass bei Grace alles in Ordnung ist, aber ich gehe jetzt nachschauen, ja? Und du gehst wieder ins Bett."

Michael zog einen Flunsch. „Nur wenn du mir versprichst, dass du mich holst, wenn irgendwas Aufregendes passiert ist."

Reva wuschelte ihm durch die ohnehin verstrubbelten Haare und zog den Gürtel ihres Kimonos noch einmal fester. Aus Grace' Zimmer nebenan war ein leises, nachdrückliches Murmeln zu vernehmen.

Auf Zehenspitzen schlich sie durch den Flur und legte ihr Ohr an Grace' Tür.

Das Gemurmel wurde lauter.

Grace' Stimme. Reva konnte nicht verstehen, was gesprochen wurde, doch der Tonfall ließ keinen Zweifel.

Grace hatte Angst.

Reva merkte, wie sich die Härchen auf ihren Armen und im Nacken aufstellten. Sie pochte vorsichtig mit den Fingerknöcheln an die Tür. „Grace?", rief sie leise. „Grace, alles in Ordnung?"

Keine Antwort. Nur Grace' flehende Stimme.

„Grace?" Reva ballte ihre Hand zur Faust und pochte gegen das dicke Holz der Tür. „Grace? Was ist los? Ist da jemand in deinem Zimmer?"

5

Grace hielt den Hörer fest ans Ohr gepresst. Ihre Hände waren schweißnass, und ihr Herz schlug so laut, dass sie das Klopfen an der Tür gar nicht wahrnahm.

„Bitte, Rory!", flüsterte Grace ins Telefon. „Verstehst du das denn nicht? Du hast dich aufgeführt, als ob ich dein Eigentum wäre. Deshalb ist das mit uns nicht gut gegangen."

„Grace!" Revas Stimme ließ Grace zusammenzucken. Der Hörer entglitt ihren Händen und fiel zu Boden. Schnell hob sie ihn auf. Als sie ihn wieder ans Ohr presste, wich ihr das Blut aus dem Gesicht.

„Nein!", murmelte sie in einem rauen Flüsterton. „Komm nicht her. Das darfst du nicht, Rory!" Sie kaute auf ihrer Unterlippe herum und fuhr sich mit der Hand durch die dünnen braunen Haare. „Bitte lass mich in Ruhe! Und komm auf keinen Fall her", flehte sie wieder. „Nein, sag so was nicht. Hör auf, mir zu drohen, Rory!"

Die Tür flog auf. Grace knallte den Hörer auf und fuhr herum, als Reva das Zimmer betrat.

„Hast du mich nicht klopfen gehört?", fragte Reva ungehalten. „Was geht hier vor, Grace? Du hast Michael aufgeweckt. Er dachte, dass Einbrecher bei dir im Zimmer wären."

„Ich ... ich wollte ihn nicht aufwecken", flüsterte Grace. Das Herz schlug ihr noch immer bis zum Hals. So laut und so fest, dass es wehtat. „Das tut mir leid, Reva."

„Dafür ist es jetzt ein bisschen spät", brummte Reva. „Was war denn? Mit wem hast du gesprochen?"

Grace ließ sich aufs Bett zurücksinken. „Rory."
Revas Zornesfalten wurden tiefer.

„Ich habe schreckliche Angst, Reva!", schluchzte Grace. „Er hat so eine ungeheure Wut auf mich ... und er hat damit gedroht, herzukommen."

„Hierher?", fragte Reva. „Nach Shadyside?"

Grace nickte stumm. Sie zog die Knie an und schlang ihre Arme darum. Sie zitterte am ganzen Körper. „Er sagte, er würde mich überall finden. Und dass ich für das bezahlen würde, was ich ihm angetan habe."

Tränen traten ihr in die Augen, und sie legte die Stirn auf die Knie. „Ich weiß nicht mehr, was ich tun soll, Reva. Was ist, wenn er seine Drohung wahr macht und hier auftaucht?"

„Das soll er ruhig probieren!", meinte Reva.

Grace hob den Kopf. „Das ist nicht dein Ernst."

„Oh doch!" Reva lächelte grimmig. „Komm, wir gehen runter in die Küche und machen uns einen Tee."

Grace wollte keinen Tee – sie wollte nur weg. Am besten ganz weit wegfliegen. Irgendwohin, wo sie in Sicherheit war.

Doch sie wusste, dass sie nirgends vor Rory sicher war.

„Na, komm schon", wiederholte Reva ungeduldig. „Jetzt bin ich sowieso wach, und du siehst aus wie frisch aus der Irrenanstalt."

Gehorsam stand Grace auf und zog sich ihren Bademantel über. Ihr Blick fiel kurz auf ihr Spiegelbild. Reva hatte recht. Ihr Gesicht war leichenblass, und unter den Augen lagen tiefe dunkle Ringe.

Ja, sie sah wirklich zum Fürchten aus, dachte sie. Dürr und bleich und verängstigt. Vielleicht tat ihr eine Tasse heißer Tee ganz gut, und ihr Zittern hörte wenigstens auf.

Grace blickte sich immer wieder nervös um, als sie

Reva durch den spärlich beleuchteten Flur und die große Treppe hinunter ins Erdgeschoss folgte.

„Ein Tee wird uns jetzt guttun", verkündete Reva, als sie von der Eingangshalle aus in die riesige Küche traten.

Sie setzte das Wasser auf und kam kurz darauf mit zwei dampfenden Tassen an den großen Tisch, wo Grace bereits Platz genommen hatte.

Grace nahm Reva eine der Tassen ab und legte die Hände darum. Ihr war immer noch eiskalt. „Wie kannst du nur so ruhig bleiben?", fragte sie.

Reva sah sie über den Rand ihrer Tasse hinweg an. „Warum sollte ich mich aufregen?"

„Na, wegen Rory natürlich!", rief Grace. „Vielleicht ist dir nicht ganz klar, wie gefährlich er ist ... Aber was ist, wenn er wirklich hier auftaucht?"

„Wie ich schon sagte, er soll ruhig kommen." Reva nippte an ihrem Tee. „Du bist hier in Sicherheit, Grace."

Grace schüttelte den Kopf. „Ich würde dir so gerne glauben. Aber du kennst Rory nicht."

„Das tut nichts zur Sache", erwiderte Reva. „Jetzt hör mir mal zu, Grace. Ich habe dir doch erzählt, dass ich letztes Jahr entführt worden bin, oder?"

„Ja, aber was hat das mit Rory zu tun?"

„Na ja, als der Albtraum vorüber war, hat mein Vater hier die modernsten Alarmanlagen installieren lassen, die man sich nur vorstellen kann", erklärte Reva. „Und nicht nur das, wir haben auch drei Wachhunde auf dem Grundstück. Außerdem hat Daddy zwei Leute vom Sicherheitsdienst eingestellt."

Grace schauderte. „Das klingt ja wie in einem Gefängnis."

Reva zog die Augenbrauen hoch. „Vielen Dank."

„Nein, so hab ich das nicht gemeint!" Grace spürte,

wie sie rot wurde. So etwas passierte ihr immer wieder, dass die Sachen anders ankamen, als sie gemeint waren. „Ihr habt ein wunderschönes Haus. Wirklich", beeilte sie sich zu sagen. „Und ich bin dir unheimlich dankbar dafür, dass ich hier sein darf. Wahrscheinlich bin ich einfach ein bisschen durch den Wind wegen dieser Anrufe."

„Ja, aber du kannst dich jetzt wieder abregen. Wenn Rory wirklich versuchen sollte, sich aufs Grundstück zu schleichen, erwischt ihn der Sicherheitsdienst auf jeden Fall. Und wenn nicht, dann eben die Hunde." Reva lachte. „Und glaub mir, die sind dazu ausgebildet, jedem Eindringling an die Kehle zu gehen."

An die Kehle. Grace lief erneut ein kalter Schauer über den Rücken.

„Also vergiss Rory einfach, ja?", sagte Reva. „Und hör auf, bei jedem noch so kleinen Geräusch zusammenzuzucken. Das nervt."

„Ich weiß. Tut mir leid." Grace wollte an ihrer Tasse nippen, doch ihre Hände zitterten, und sie verschüttete ein wenig Tee.

„Grace, wie oft soll ich dir eigentlich noch sagen, dass der Typ hier nicht reinkommt?" Reva klang ungehalten.

„Ich will dir ja glauben, aber ..." Grace zögerte. „Aber du hast Rory nicht gehört. Er ist kurz davor, komplett durchzudrehen, Reva. Und wenn er so drauf ist, dann kann ihn nichts und niemand aufhalten. Weder Hunde noch Security-Leute oder eine Alarmanlage."

Sie wischte den verschütteten Tee mit einer Serviette auf. „Und ... und er meinte ... wenn er hier wäre, dann würde er es zu Ende bringen ..."

„Was soll das nun wieder heißen?"

„Es ging darum, dass er mich zusammengeschlagen

hat." Grace schluckte. „Er ... er wollte damit sagen, dass er mich diesmal umbringen will."

Bevor Reva etwas erwidern konnte, klopfte es an der Haustür, die durch die geöffnete Küchentür zu sehen war. Reva fuhr zusammen.

Grace stieß vor Schreck ihre Tasse um. Dunkelroter Tee lief über den Tisch und tropfte auf den Boden.

Ein weiteres Klopfen – diesmal lauter.

Grace wollte einfach nur weglaufen, doch ihre Beine versagten ihr den Dienst. Sie saß da wie erstarrt, die Augen gebannt auf die Haustür gerichtet. „Das ... das ist er! Er ist da – er ist wirklich da!", flüsterte sie.

Es klopfte ein drittes Mal und ein viertes Mal.

„Das ist Rory!", schrie Grace.

6

Revas Magen zog sich bei Grace' Worten zusammen.

Konnte es sein, dass vor der Tür wirklich Rory stand?

Ihr Vater gab ein Vermögen aus, um das Haus sicher zu machen. Rory konnte unmöglich aufs Grundstück gelangt sein. Und wenn doch, dann hätten die Hunde angeschlagen, oder?

Wieder ein Pochen.

Genug! Reva stand auf.

Grace packte sie am Handgelenk. „Du hast doch nicht vor, die Tür aufzumachen?"

„Reiß dich zusammen, Grace", sagte Reva eindringlich. „Wenn Rory hier wäre, um dich zu töten, dann würde er wohl kaum anklopfen!"

Sie löste Grace' eiskalte Finger von ihrem Handgelenk und lief langsam durch die Eingangshalle zur Haustür. Nachdem sie tief Luft geholt hatte, schloss sie auf, ließ die Sicherheitskette jedoch eingehängt. Man musste ja nicht leichtsinnig sein, dachte sie.

Reva öffnete die Tür einen Spaltbreit und sah hinaus.

Hinter ihr keuchte Grace erschrocken auf, als ihr Blick auf das Gesicht eines Mannes fiel.

Reva hätte beinahe laut gelacht. „Alles in Ordnung", sagte sie, „das ist einer von den Wachleuten."

Der Mann vom Sicherheitsdienst, ein rotgesichtiger Kerl in blauer Uniform, nickte Reva zu. „Entschuldigen Sie, dass ich störe, Miss Dalby."

Reva sah ihn mit hochgezogenen Augenbrauen an. „Wissen Sie eigentlich, wie spät es ist?"

Der Wachmann nickte. „Entschuldigung", wiederholte er. „Aber es ist etwas vorgefallen. Und da die Lichter im Haus brannten, wollte ich lieber Bescheid geben."

Reva seufzte. „Also, was ist?"

„Vor ungefähr zehn Minuten ist ein junger Mann vor dem Haus vorgefahren."

Grace stieß einen unterdrückten Schrei aus. „Das muss Rory sein. Schnell, mach die Tür zu, Reva!"

Der Wachmann sah sie neugierig an, dann wandte er sich wieder an Reva. „Er sagte, er sei ein Bekannter von Ihnen, Miss Dalby. Und er hat sich nicht davon abbringen lassen, Ihnen noch zu so später Stunde einen Besuch abzustatten."

„Reva! Bitte mach endlich die Tür zu!", drängte Grace.

Reva verdrehte die Augen. „Und wer ist dieser Typ?", fragte sie die Wache.

Noch bevor der Mann antworten konnte, lugte ein großer, dunkelblonder Junge um den Türpfosten. „Hi, Reva!"

Reva sah ihn erstaunt an. Daniel Powell. Sie war im Smith College ein paarmal mit ihm ausgegangen. Er war nicht schlecht, aber allzu aufregend war er auch nicht. „Na, die Überraschung ist mir gelungen, oder?" Er grinste. „Ich bin einfach ins Auto gestiegen und durchgefahren, bis ich hier war. Freust du dich, mich zu sehen?"

Reva starrte ihn nur stumm an.

Daniel lachte. „Dir hat es ja richtig die Sprache verschlagen, was? Hör mal, ich hab gute Neuigkeiten. Ich werde hier in Shadyside die ganzen Ferien über bei einem Freund verbringen. Wir können uns also sehen, sooft wir wollen."

Der Wachmann räusperte sich. „Wie gesagt, Miss Dalby, ich wollte erst bei Ihnen nachfragen, ob Sie den jungen Mann hier tatsächlich kennen, und nicht einfach blind die Polizei rufen." Er blickte Reva fragend an.

Reva schüttelte den Kopf. „Ich habe ihn noch nie gesehen."

„Was?" Daniels Stimme wurde schrill. „Hey, Reva, komm schon, das ist nicht lustig!"

„Nein", entgegnete Reva, „das ist auch kein Scherz. Bringen Sie den Typen bitte weg", befahl sie dem Wachmann mit kühler Stimme.

„Ja, Miss Dalby, wie Sie wünschen." Die große Hand des Wachmanns schloss sich mit eisernem Griff um Daniels Arm. „Komm. Du hast es gehört."

„Nein, warten Sie!", protestierte Daniel. „Sie macht nur Spaß. Wir kennen uns vom College. Wirklich!"

„Diese Geschichte können Sie der Polizei erzählen", gab der Wachmann zurück und zerrte ihn mit sich.

„Reva! Nun komm schon, sag ihm die Wahrheit!", flehte Daniel, der über die Schulter zurückblickte und sich so weit umdrehte, wie es der Griff des Wachmanns zuließ. „Bitte, Reva, das kannst du doch nicht machen!"

Reva schlug die Tür mit einem lauten Knall zu. Dann brach sie in Lachen aus.

„Reva!" Grace starrte sie schockiert an. „Warum hast du das getan?"

„Daniels Gesicht!", japste Reva. „Hast du seinen Gesichtsausdruck gesehen? Das war einfach zu komisch!" Sie krümmte sich vor Lachen. „Allein schon dieser Blick war es wert! Sein Besuch war tatsächlich eine Überraschung. Aber in erster Linie für ihn!"

„Aber er ist die ganze Nacht durchgefahren, nur um dich zu sehen!", warf Grace ein.

Reva zuckte die Schultern. „Na und? Er hat mich doch gesehen. Ach, komm, Grace, jetzt mach kein Drama draus. Es war doch irre witzig!" Reva kicherte erneut los.

Ein lautes Klopfen ließ sie zusammenzucken.

7

„Oh Gott, das ist Rory! Diesmal ist er es wirklich!", schrie Grace. „Er hat sich bestimmt irgendwo im Gebüsch versteckt."

Reva beachtete ihr hysterisches Gekreische nicht und ging wieder zur Tür.

Grace schlug sich die Hand vor den Mund, als Reva die Klinke hinunterdrückte.

Draußen stand wieder der Wachmann.

Reva sah ihn zornig an. „Was ist denn jetzt wieder?"

„Ich wollte Ihnen nur Bescheid geben, dass ich den jungen Mann meinem Kollegen übergeben habe. Und der hat schon die Polizei verständigt. Der Kerl wird Sie nicht mehr belästigen." Der Wachmann drehte nervös seine Kappe in den Händen. „Es tut mir leid, dass ich ihn überhaupt bis zur Haustür vorgelassen habe."

Jetzt verstand Reva. Er hatte Schiss, dass sie ihrem Vater davon erzählte. Keine schlechte Idee eigentlich. Aber den Spaß würde sie sich für ein andermal aufheben.

„So etwas sollte nicht wieder vorkommen", wies sie den Wachmann zurecht und sah ihn abschätzig an.

„Nein, Miss Dalby, darauf können Sie sich verlassen." Die Erleichterung stand ihm ins Gesicht geschrieben, als er sich umdrehte und davoneilte.

Als sie am darauffolgenden Nachmittag vom Tennisverein nach Hause fuhren, beobachtete Reva Grace mit gerunzelter Stirn. Ihre Zimmergenossin war in den Beifahrersitz gekauert und sah sich ständig angespannt um.

Wie ein verängstigtes Kaninchen, ging es Reva durch den Kopf.

„Tut mir leid, dass wir meinetwegen das Doppel verloren haben", murmelte Grace, der Revas verärgerter Blick nicht entgangen war.

„Mir tut es auch leid", gab Reva grob zurück.

„Entschuldige", wiederholte Grace. „Aber ich konnte mich einfach nicht auf das Spiel konzentrieren, weil ich ständig Rorys Blick im Nacken gespürt habe."

„Und du bist sicher, dass er es wirklich war?"

„Ziemlich sicher. Er kam zu Beginn des letzten Spiels herein und stand weit weg am anderen Ende der Halle – im Schatten."

Reva zog skeptisch die Augenbrauen hoch. „Aber wenn du den Typ gar nicht richtig gesehen hast, woher willst du wissen, dass er es überhaupt war?"

„Weil in mir so eine Eiseskälte hochgestiegen ist, als ich ihn bemerkt habe", erwiderte Grace und kaute nervös auf ihren Fingernägeln herum.

Na klar, dachte Reva. Und vor lauter Eiseskälte hatte Grace wie der letzte Depp gespielt und die Bälle gleich über zwei Plätze ins Aus geschlagen.

„Er hat mich die ganze Zeit fixiert", fuhr Grace fort. „Ich habe richtig gespürt, dass er mich am liebsten mit Blicken getötet hätte. Ich wollte nur noch weg, aber ich war wie gelähmt."

Stimmt, dachte Reva. Grace hatte wirklich wie festgemauert auf dem Platz gestanden und die Bälle reihenweise durchgelassen. Und der Typ – der natürlich verschwunden war, als Grace ihr endlich gesagt hatte, was ihr so zusetzte – war wahrscheinlich überhaupt nicht Rory gewesen.

Reva seufzte. Sie hatte sich so auf die Ferien gefreut,

und jetzt hatte sie diese paranoide Kuh mit ihrem Verfolgungswahn am Hals. Sie steckte eine CD in den CD-Player, obwohl sie genau wusste, dass Grace nach Reden war, und drehte die Musik laut auf. Das ewige Gejammer über Rory kam ihr schon zu den Ohren heraus.

Als Reva ihren roten Mazda die Auffahrt zum Herrenhaus hinauflenkte, sog Grace erschocken die Luft ein. „Das Auto dort!", überschrie sie die Musik panisch.

Reva betrachtete den verbeulten Golf, der in der Auffahrt stand, und rümpfte angewidert die Nase. „Warum sagt das Hausmädchen den Leuten vom Lieferservice nicht endlich mal, dass sie hinter dem Haus parken sollen?", beschwerte sie sich.

„Nein, halt nicht an!", schrie Grace, als Reva hinter dem hässlichen Blechhaufen abbremste. „Wir müssen sofort von hier verschwinden. Vielleicht hat Rory sich das Auto gemietet. Er könnte schon im Haus auf mich warten!"

Unwillkürlich sah Reva nervös zu den hohen Fenstern des Herrenhauses hinauf. Ob Rory wirklich im Haus war und die Bewohner als Geiseln genommen hatte?

Dann bemerkte sie ihren Vater, der am Fenster seines Arbeitszimmers stand und ihr zuwinkte. Sogar von hier unten aus konnte sie sein Lächeln erkennen.

„Mach dich locker", sagte sie zu Grace und zog den Schlüssel aus dem Zündschloss. Schlagartig verstummte die Musik. „Siehst du meinen Vater da oben? Er würde nicht lächeln und uns freundlich zuwinken, wenn etwas nicht in Ordnung wäre." Sie stieg aus.

Ja ... ja, wahrscheinlich hast du recht", murmelte Grace, die zögerlich ausstieg und Reva die Stufen zur Eingangstür hinauffolgte.

Als Reva in der Eingangshalle ihren Tennisschläger

achtlos in eine Ecke warf, kam aus dem Wohnzimmer das Hausmädchen angelaufen. „Da sind Sie ja, Miss Dalby!" Sie hob den Schläger auf. „Da wird sich Ihr Besuch aber freuen. Die beiden Damen warten schon sehr lange." Sie wies mit dem Tennisschläger in Richtung Wohnzimmer und eilte davon, noch ehe Reva sie fragen konnte, um wen es sich eigentlich handelte.

Reva hatte niemanden eingeladen … hoffentlich war es wenigstens jemand, mit dem man Spaß haben konnte – vorzugsweise ein Junge. Sie warf ihre roten Haare nach hinten und ging sehr aufrecht ins Wohnzimmer voran, während Grace ihr beunruhigt folgte.

Im bogenförmigen Durchgang blieb Reva enttäuscht stehen und zog die Augenbrauen hoch.

Auf dem Sofa saß ihre Cousine Pam und blätterte in einem Magazin.

Reva zwang sich zu einem Lächeln. „Pam! Hi!"

Pam legte die Zeitschrift hastig auf den Couchtisch zurück und stand auf. „Hi, Reva!" Sie machte einem Mädchen ein Zeichen, das in einem der Ohrensessel saß. „Das ist meine Freundin Willow Sorenson, von der ich dir erzählt habe."

Reva setzte ein gekünsteltes Lächeln auf. Wo hatte Pam die denn aufgetrieben?, fragte sie sich. Der rote Nasenstecker sah aus wie ein fieser Pickel. Und was hatte sie mit ihrem Haar angestellt? Rostentferner hineingeschmiert?

Reva stellte Grace vor und wandte sich dann wieder an Pam. „Du siehst großartig aus", schmeichelte sie ihr, obwohl sie genau das Gegenteil dachte. Wenn Pam auch nur ansatzweise Stil hätte, würde sie ein bisschen mehr aus sich machen, ging es ihr beim Anblick von Pams zerlöcherter Jeans und dem ausgeleierten Sweatshirt durch den Kopf.

„Danke, Reva, du aber auch!"

„Und, erzähl, wie ist es so im Berufsleben?", fragte Reva. „Nein, warte, sag nichts. Wenn ich höre, wie aufregend es ist, sterbe ich vor Neid."

Willow gab ein unwilliges Schnauben von sich.

„Es ist alles andere als aufregend", sagte Pam und wickelte sich eine Strähne ihres Pferdeschwanzes um den Finger. „*Ätzend* würde es besser treffen."

„Das glaube ich dir nicht", erklärte Reva, obwohl sie es ihrer Cousine voll und ganz abnahm. Sie würde durchdrehen, wenn sie als Tippse bei einer Versicherung arbeiten müsste. Dumm nur, wenn man das Geld so dringend brauchte. „Da wir gerade von langweiligen Sachen sprechen", sagte sie, „du solltest mal ein paar Wochen ins Smith College kommen ..."

„Wir könnten ja tauschen", schlug Pam vor.

Träum weiter. „Nichts lieber als das", seufzte Reva. „Aber Daddy würde es mir nicht erlauben." *Dem Himmel sei Dank!*, fügte sie im Stillen noch hinzu.

Pam zuckte die Schultern. „Na egal. Willow und ich waren gestern jedenfalls ein bisschen überrascht, dass du gar nicht zu Hause warst."

„Gestern? Ach, stimmt ja, ihr wolltet herkommen", sagte Reva. „Als ich aufgelegt hatte, fiel mir wieder ein, dass ich vor dem Abendessen noch ein paar wichtige Dinge erledigen musste."

Eigentlich hatte Reva genau in dem Moment, in dem sie aufgelegt hatte, beschlossen, dass sie keinerlei Lust darauf hatte, sich peinliche Handarbeiten anzusehen. Also hatte sie mit Grace eine kleine Spritztour durch Shadyside unternommen.

„Du hättest dem Hausmädchen ja eine Nachricht für uns hinterlassen können", meinte Willow.

Reva riss unschuldig die Augen auf. „Hat sie euch nichts von mir ausgerichtet? Wie ärgerlich, da werde ich mal ein paar Takte mit ihr reden müssen. Aber gutes Personal ist heutzutage so schwer zu finden, sage ich euch."

„Ja klar", murmelte Willow.

Pam räusperte sich. „Na, jedenfalls habe ich dir ja erzählt, dass Willow und ich einen Handarbeitskurs besucht haben. Und wir haben unsere Sachen mitgebracht, damit du sie dir anschauen kannst."

„Das klingt total interessant", sagte Grace.

Reva warf ihr einen eisigen Blick zu. Herzlichen Dank, Grace, dachte sie. Als Pam ihre Tüten auf den Tisch stellte, sah Reva auf ihre Armbanduhr. Fünf Minuten gab sie den beiden. Länger würde sie ihnen nicht vormachen, dass sie die Sachen toll fand. Und dann würde sie die zwei traurigen Gestalten wieder vor die Tür setzen.

„Wow, das ist ja wunderschön!", rief Grace.

Als Reva aufblickte, stockte ihr der Atem. Sie hatte etwas völlig Peinliches, Kitschiges erwartet – irgendein Häkeldeckchen oder einen windschiefen Tontopf vielleicht.

Stattdessen hatte Pam eines der schönsten Tücher aus der Tüte gezogen, die sie jemals gesehen hatte. Es war golden und mit winzigen silbernen Rentieren bemalt.

„Das ist wirklich ganz bezaubernd", wiederholte Grace. „Ein tolles Weihnachtsgeschenk!"

Pams rundes Gesicht errötete bei so viel Lob. „Da, du kannst es gerne mal anziehen." Sie reichte Grace das Tuch und zog dann ein grünes aus der Tüte und hielt es Reva hin.

Reva ließ das zarte, seidige Gewebe durch die Finger gleiten und schlang es sich um den Hals.

„Wir haben die Tücher von Hand eingesäumt, und die

Motive sind natürlich auch handgemalt. Was hältst du davon, Reva?", fragte Pam unsicher.

Reva nahm die Pose eines Models ein. „Na? Komme ich so auf die Titelseite der *Vogue*?"

Pam lachte aufgeregt. „Willst du damit sagen, dass sie dir gefallen?"

„Gefallen? Sie sind großartig!", verkündete Reva. Wie hatten diese beiden nur so etwas Schönes hinbekommen?, fragte sie sich. Vielleicht war Willow ja talentiert. Ein Tuch, das Pam entworfen hatte, würde jedenfalls nicht mal ein Hund tragen wollen, dachte sie.

Pam lachte wieder. „Das ist ja toll, Reva. Würdest du sie deinem Vater zeigen und ihn fragen, ob er sie ins Sortiment aufnimmt? Es wäre einfach super, wenn wir ein paar davon verkaufen könnten."

Ein paar? Die Tücher würden reißenden Absatz finden, dachte Reva und befühlte den feinen Stoff. Sie waren das perfekte Weihnachtsgeschenk, wie Grace schon gesagt hatte. Und sie waren alle Unikate. Für so etwas blätterten die Leute eine Stange Geld hin.

Sie spürte einen Stich von Eifersucht. *Sie* war doch diejenige, die sich mit Mode auskannte. Pam hatte einen billigen Geschmack, was Kleidung, Make-up und Frisur anging. Und ihre kleine Punker-Freundin sah noch schlimmer aus. Und doch hatten sie Tücher entworfen, die sich wie verrückt verkaufen würden – da war Reva sich sicher.

„Reva?" In Pams Stimme schwang Hoffnung mit. „Wirst du die Tücher Onkel Robert zeigen? Das wäre unheimlich nett von dir."

Reva fragte sich, ob sie die beiden noch ein bisschen zappeln lassen sollte. Nein, entschied sie dann. Das machte zwar Spaß, aber sie wollte keine Zeit verlieren.

„Klar werde ich sie Daddy zeigen", erklärte sie enthusiastisch. „Und zwar jetzt gleich. Er ist oben im Arbeitszimmer."

Willow lächelte zum ersten Mal, und Pam war kurz davor, vor Freude auf und ab zu springen. „Danke!", rief sie und drückte Reva die beiden Tüten mit den Tüchern in die Hand. „Das ist total lieb von dir. Ich bin so gespannt, was er sagt."

„Wartet hier. Es wird nicht lange dauern", sagte Reva und ging mit den Tüten davon.

Eine Viertelstunde später trottete Reva mit gesenktem Kopf wieder die Treppe hinunter und blieb im Durchgang zum Wohnzimmer stehen.

Pam und Willow unterhielten sich mit Grace über ihre Tücher und erzählten ihr, wie sie auf die Idee gekommen waren. Als sie Reva sahen, verstummten sie und sahen sie gespannt an.

Reva schaute erst Pam, dann Willow an. Langsam stellte sie die Tüten auf dem Boden ab und seufzte. „Es tut mir leid", murmelte sie, und in ihrer Stimme schwang Bedauern mit. „Aber ich habe schlechte Neuigkeiten für euch."

8

„Jetzt weiß ich, wie es sich anfühlt, wenn einem das Herz in die Hose rutscht", dachte Pam. Ihres war etwa auf Höhe des Bauchnabels. Sie sah Reva enttäuscht an. „Willst du damit sagen, dass ihm die Tücher nicht gefallen?", fragte sie und bemühte sich, das Zittern in ihrer Stimme zu unterdrücken.

„Also ..." Reva verstummte und biss sich auf die Lippen. „Sie ... sie haben ihm wirklich nicht besonders gut gefallen."

Willow stöhnte.

Pam stieß einen Seufzer aus.

Reva lachte. „Er fand sie nämlich *wundervoll!*", kreischte sie.

Pam starrte ihre Cousine verwirrt an. „Was? Du hast doch gerade gesagt, dass ..." Sie spürte Wut über Revas gemeinen Scherz in sich aufsteigen, doch die war schnell wieder verraucht. „Juhu!", schrie sie und drehte sich zu Willow um. „Sie haben ihm gefallen! Ich wusste es! Ach, das ist einfach großartig!"

Auf Willows Gesicht breitete sich ein Strahlen aus.

„Wie schnell könnt ihr noch mehr davon produzieren?", fragte Reva. „Er will sie in fünf seiner Läden zum Verkauf anbieten – und zwar sofort."

„Ich fasse es nicht! Hast du das gehört, Willow?", kreischte Pam und fiel ihrer Freundin um den Hals. „In fünf Läden. Wir haben es geschafft!"

„Herzlichen Glückwunsch!", gratulierte auch Grace.

„Danke! Das ist echt super." Pam lachte aufgeregt.

Wenn die Tücher sich gut verkaufen würden – und davon war sie eigentlich überzeugt –, dann könnten sie und Willow ein kleines Vermögen machen. Und sie hätte das Geld fürs College zusammen. Vielleicht würde es sogar für ein Auto reichen!

„Worauf warten wir?", fragte Willow, die noch immer übers ganze Gesicht strahlte. „Wir müssen uns sofort an die Arbeit machen. Unseren Großauftrag ausführen!"

„Du hast recht", stimmte Pam ihr zu. „Richte Onkel Robert liebe Grüße aus, ja?", bat sie Reva. „Und sag ihm, wir liefern ihm so viele Tücher, wie er braucht. Kein Problem."

„Gut." Reva lächelte. „Überlegt doch mal! In ein paar Tagen werden die Tücher der *Revas Collection* überall in den Schaufenstern hängen!"

Pam gefror das Lächeln.

Es wurde ganz still im Zimmer.

Sie musste sich verhört haben. „Entschuldige, was hast du gesagt?", fragte sie nach.

„Ja, wiederhol das bitte noch mal", schaltete sich auch Willow ein.

„Ich sagte, *Revas Collection* wird überall ausliegen."

„*Revas Collection?*", wiederholte Pam tonlos. „Das verstehe ich nicht."

„Na ja, ich konnte Daddy ja wohl schlecht erzählen, dass *du* die Tücher entworfen hast", gab Reva kühl zurück.

„Wieso nicht?"

Reva bedachte sie mit einem abschätzigen Blick, der Bände sprach. „Weil sie ihn dann nicht interessiert hätten, ganz einfach. Und ich wollte euch beiden wirklich helfen, versteht ihr. Euch eine Chance geben. Also habe ich ihm gesagt, *ich* hätte die Tücher entworfen. Mehr war nicht nötig. Er war sofort Feuer und Flamme."

Pam warf Willow einen kurzen Blick zu, die ein Gesicht machte, als hätte ihr jemand mit der Faust in die Magengrube geschlagen. Genauso fühlte Pam sich auch. Wie konnte Reva ihr das nur antun?

„Und stellt euch vor!", sprudelte Reva weiter, und ihre blauen Augen strahlten vor Begeisterung. „Daddy will sogar eine Modenschau veranstalten, und ich soll die Tücher präsentieren. Er wird eine riesige Werbekampagne anleiern – nur für ein paar Tücher! So etwas hat er vorher noch nie gemacht. Ich meine, Modenschauen gab es schon immer, aber nicht für nur ein einziges Produkt."

„Das klingt gut", murmelte Grace. Doch Pam bemerkte den schockierten Unterton in ihrer Stimme. Anscheinend lernte sie gerade eine neue Seite an ihrer Freundin kennen.

„Das ist nicht nur gut, das ist großartig!", erklärte Reva. „Und das Beste kommt ja noch: Ich soll die Modenschauen selbst leiten und organisieren – die Models einstellen, die Musik auswählen ... einfach alles! Die ganze Vorweihnachtszeit hindurch wird die Modenschau dreimal täglich laufen. Wir werden Hunderte von Tüchern verkaufen!"

„Ja, Hunderte *unserer* Tücher", murmelte Willow und warf Pam einen Blick zu. „*Unsere* Tücher, die *wir* entworfen haben. Das ist dir irgendwie entfallen, oder, Reva?"

Reva verdrehte die Augen. „Ich hab euch doch gerade erklärt, warum es so das Beste ist. Und überhaupt, warum macht ihr aus einer Mücke einen Elefanten? Du und Pam, ihr bekommt eine hübsche Beteiligung am Umsatz. Ihr werdet richtig Geld verdienen!"

„Sicher, aber ...", setzte Willow an.

„Hör zu, wir haben jetzt gar keine Zeit für so viel Gerede", unterbrach Reva sie. „Es ist schon Anfang Dezember, und ich will die Tücher so schnell wie möglich in die Läden bringen."

Pam warf Willow einen scharfen Blick zu. „Ende der Diskussion", war darin zu lesen. Willow kannte Reva nicht so gut wie Pam. Wenn sie sie verärgerten, dann konnten sie sich die ganze Sache abschminken.

Und Pam wollte dieses Geschäft unbedingt. Mehr als alles andere in der Welt. Egal, welchen Preis sie dafür zahlen musste.

„Brechen wir lieber auf und machen uns an die Arbeit", sagte sie zu Willow. „Wir können bei uns am Esstisch arbeiten. Oder in der Garage ginge es auch. Wir fangen einfach jeden Morgen ein paar Stunden vor dem Büro an und …"

„Macht euch nicht kleiner, als ihr seid", meinte Reva verächtlich. „Ich habe Daddy erzählt, dass ihr die Produktion der Tücher übernehmen würdet, weil ich jetzt erst mal mit anderen Dingen beschäftigt sein werde. Er kennt euren Chef ganz gut und wird dafür sorgen, dass ihr ein paar Tage freibekommt. Außerdem meinte er, dass wir euch ein Arbeitszimmer im Kaufhaus zur Verfügung stellen könnten. Ich rufe jetzt gleich in der Verwaltung an und veranlasse, dass sie ein paar große Tische für euch aufstellen."

„In Ordnung." Pam machte einen Schritt in Richtung Tür. „Komm, Willow, wir fahren nach Hause und sehen nach, ob wir noch genug Materialien haben." Sie nahm die Tüten. „Bis morgen früh, Reva."

„Okay, um halb neun. Aber seid pünktlich", ordnete Reva an. „Und bringt euch was für die Mittagspause mit. Ihr werdet keine Zeit haben, euch was zu holen."

Pam bugsierte Willow zur Tür hinaus. Als sie in ihre Jacken schlüpften, konnten sie aus dem Wohnzimmer Reva hören, die vor Grace mit ihrem eigenen Modelabel *Revas Collection* angab.

„Deine Cousine ist ein ganz schönes Miststück", zischte Willow, und ihre hellen Augen blitzten vor Zorn. „Ein richtiges Miststück."

„Ich weiß, aber wenigstens können wir auf diese Weise unsere Tücher verkaufen. Und ganz gut Geld verdienen", entgegnete Pam, während sie die schwere Eingangstür hinter sich zuzog. „Und darum geht es doch letztendlich, oder?"

Willow drehte sich um und warf noch einen Blick zurück auf das Herrenhaus. „So lasse ich mich nicht behandeln", murmelte sie so leise, dass es Pam nicht hören konnte. „Das wird ihr noch leidtun."

9

Reva starrte auf den grün leuchtenden Liftknopf und wippte ungeduldig auf den Zehenspitzen. Warum war dieser verdammte Aufzug so lahm?

Sie sah auf ihre Armbanduhr. Kurz vor zehn. Seit neun Uhr hatte sie in einem der Büroräume bei *Dalby's* gesessen und Pläne für ihre Modenschau geschmiedet. Jetzt war sie auf dem Weg nach unten, um die Models zu casten, denn schon morgen fand die erste Modenschau statt. Nur noch ein Tag, und sie hatte noch so viel zu erledigen.

Aber es war den Stress wert. Denn *Revas Collection* würde der Verkaufsschlager der Saison werden! Und sie wäre der neue Stern am Modehimmel!

Endlich hielt der Lift im Erdgeschoss an. Reva setzte ein Lächeln auf und trat aus der Tür. Mit eiligen Schritten lief sie über den Gang zu dem Zimmer, in dem die Models warteten. Als sie an einer offenen Tür vorbeikam, warf sie einen Blick hinein. Der winzige fensterlose Raum, in dem normalerweise Kisten und Einkaufstüten gelagert wurden, war leer geräumt worden. Zwei Tische, auf denen haufenweise Nähutensilien lagen, standen an der Wand, und in der Mitte des Zimmers hatte man einen großen Holztisch aufgestellt. Pam und Willow waren darübergebeugt und entrollten einen schwarzen Stoffballen.

Reva runzelte die Stirn. „Sagt jetzt nicht, dass ihr gerade erst anfangt", fuhr sie die beiden an.

Pam hob den Kopf. „Hi, Reva. Nein, nein, wir haben schon viele verschiedene Tücher aus anderen Farben zugeschnitten."

„Na dann." Reva wollte weitergehen.

„Reva?"

Sie hielt inne und wippte wieder auf den Zehenspitzen.

Pam kam um den Tisch herum auf sie zu. In ihren Haaren und an ihrem hellblauen Sweatshirt hingen Fadenreste in den unterschiedlichsten Farben. Um den Hals hatte sie ein gelbes Maßband hängen, und an einem ihrer Turnschuhe war der Schnürsenkel aufgegangen.

Zum Glück arbeitete ihre Cousine nur hinter den Kulissen, dachte Reva. Und deren peinliche Freundin auch.

Willow trug ein hautenges Tanktop und schwarze Jeans, schwere Lederstiefel und ein Nietenhalsband. Reva rümpfte unwillkürlich die Nase. Wahrscheinlich fuhr sie immer mit ihrer Harley Davidson oder einer anderen schweren Maschine zur Arbeit, die alte Rockerbraut. Und das da an ihrer Schulter, war das wirklich ein *orangefarbenes* Tattoo?

Reva wandte sich mit Schaudern ab und sah Pam fragend an. „Was gibt's? Ich habe nicht den ganzen Tag Zeit."

„Ich weiß, dass du sehr beschäftigt bist, aber wir müssen reden", sagte Pam.

Reva seufzte laut und warf einen Blick auf ihre Uhr. „Schieß los."

Pam vergrub die Hände in den Hosentaschen. „Wir müssen uns noch über die Bezahlung einigen. Wir brauchen einen Vertrag."

„Ja, das ist wirklich wichtig", schaltete Willow sich ein.

„Aber noch wichtiger ist, dass ihr endlich ein paar Tücher fertig bekommt. Denn sonst brauchen wir erst gar keinen Vertrag zu schließen", gab Reva kühl zurück. „Passt auf, ich mache heute Nachmittag noch einen Termin mit Daddys Anwalt, okay? Aber jetzt muss ich wirklich weg, die Models casten. Ich schau nachher noch mal bei euch vorbei, ja?"

Als sie sich umdrehte, bemerkte Reva, dass Willow ihr hinterhersah – oder vielmehr hinterher*starrte*. Ihre hellen blauen Augen erinnerten Reva an Eis – hart und kalt.

Was bildeten die beiden sich überhaupt ein?, dachte sie. Kapierten sie nicht, was sie für ein Riesenglück hatten? Sie verdankten ihr die Chance ihres Lebens.

„Reva!", rief eine Stimme hinter ihr.

Reva drehte sich um und lächelte, als sie ihren Vater erblickte, der mit schnellen Schritten auf sie zukam. „Hi, Daddy! Ich bin gerade auf dem Weg zum Casting für die Modenschau. Die Leute von der *Shadyside Agentur* waren hocherfreut, als ich heute Morgen dort angerufen habe. Sie meinten, sie würden mir ihre absoluten Topmodels schicken."

„Genau darüber wollte ich mit dir sprechen", sagte Robert Dalby. „Ich weiß, dass du drei Models einstellen wolltest. Doch zwei müssen reichen."

„Aber Daddy, ich habe schon alles ausgearbeitet. Die Schau ist auf drei Models zugeschnitten!", protestierte Reva.

„Kein Grund zur Aufregung, mein Schatz", sagte ihr Vater. „Du hast drei Models zur Verfügung, aber du kannst nur zwei von der Agentur nehmen. Denn die Dritte im Bunde ist Traci Meecham. Sie ist fest bei uns unter Vertrag, also wird sie auch bei deiner Modenschau mitmachen."

„Traci!" Reva spuckte den Namen förmlich aus. „Das ist nicht dein Ernst, Daddy. Du weißt, dass sie mich nicht leiden kann."

„Und das beruht absolut auf Gegenseitigkeit", fügte sie noch in Gedanken hinzu.

„Nein, das höre ich heute zum ersten Mal", antwortete ihr Vater. „Wie kommst du darauf, dass sie was gegen dich hat?"

Reva zuckte die Schultern und legte die Stirn in Falten. Sie und Traci hatten sich letztes Jahr wegen eines Jungen richtig in die Haare bekommen. Doch Reva verspürte keinerlei Lust, ihrem Vater die Geschichte auf die Nase zu binden. „Keine Ahnung", log sie also. „Wahrscheinlich ist sie einfach auf mich neidisch, weil du mein Vater bist und wir im Geld schwimmen."

„Mir gegenüber war sie immer sehr höflich und freundlich", erklärte Mr Dalby.

„Na klar." Reva schüttelte den Kopf über ihn. „Du bist ja auch der Boss hier. Schon vergessen? Mit dir darf sie es sich nicht verderben. Jedenfalls sehe ich nicht ein, warum ich sie in meiner Schau mitmachen lassen soll. Kannst du ihren Vertrag nicht irgendwie ändern?"

Ihr Vater lachte. „Das ist leichter gesagt als getan, mein Schatz. Mein Anwalt wird mir vermutlich bestätigen, dass es sogar absolut unmöglich ist. Nein, Reva, an Traci führt kein Weg vorbei."

„Aber ..."

Mr Dalby hob abwehrend die Hände. „Ende der Diskussion. Reva, hier geht es ums Geschäft und nicht um persönliche Zu- oder Abneigungen. Du musst dich professionell verhalten."

Reva war nicht in der Stimmung für einen Vortrag. „Okay", meinte sie. „Ich hab's verstanden."

Ihr Vater klopfte ihr auf die Schulter. „Ich muss jetzt in ein Meeting. Du sprichst mit Traci, ja? Sie ist in der Kosmetikabteilung und macht Promotion für einen neuen Lidschatten."

Als ihr Vater davonging, stieß Reva einen Seufzer aus.

Erst Pam und Willow und jetzt auch noch Traci Meecham. Musste sie sich denn mit lauter Nervensägen herumschlagen, die es zu nichts gebracht hatten – und nie bringen würden?

Sie sah auf die Uhr. Kurz nach zehn. Die Models warteten bereits.

„Ich bin der Boss", sagte Reva sich. „Ohne mich können sie sowieso nicht anfangen. Also kann ich sie auch noch ein bisschen länger warten lassen. Ich werde erst mal Traci suchen und das hinter mich bringen."

Traci stand an einem Ladentisch für Make-up. Reva betrachtete sie ein paar Sekunden lang. Schlank, kurze blonde Locken und große graue Augen. So saß Traci auf einem Hocker und trug vor einem kleinen Spiegel kohlschwarzen Lidschatten auf, während sie sich angeregt mit einer Kundin unterhielt. Die Frau sagte etwas, woraufhin Traci lachte und auf beiden Wangen tiefe Grübchen sichtbar wurden.

Reva runzelte die Stirn. Grübchen waren ihr zu niedlich. Sie wollte einen anderen Typ Frau für die Präsentation ihrer Tücher – jemanden, der kühler und unnahbarer wirkte. Aber sie hatte wohl keine andere Wahl.

Wütend räusperte sie sich.

Traci, die noch immer mit dem Lidschatten beschäftigt war, zuckte zusammen und schmierte sich einen langen schwarzen Strich auf die Stirn.

„Entschuldige", sagte Reva mit einem gekünstelten Lächeln. „Aber ich muss mit dir sprechen, Traci."

Traci wandte sich an die Kundin. „Würden Sie mich kurz entschuldigen? Ich bin gleich wieder für Sie da." Sie ließ sich vom Hocker gleiten und ging mit wiegenden Schritten zu Reva. „Was willst du?", fragte sie ohne Umschweife.

„Ich arbeite an einer Modenschau für eine neue Produktlinie mit Tüchern", erklärte Reva. „Sie heißt *Revas Collection*."

Traci zog skeptisch die Augenbrauen hoch. „Ich wusste gar nicht, dass du auch die Modeschule absolviert hast."

„Ich bin ein Naturtalent", gab Reva zurück. Die Zusammenarbeit mit Traci würde eine einzige Katastrophe werden. „Jedenfalls brauche ich drei Models, und du bist eines davon. Natürlich", fügte sie noch abfällig hinzu, „solltest du dir vorher den Lidschatten von der Stirn waschen."

Traci verdrehte die Augen. „Dein Vater besteht anscheinend darauf, dass du mich bei dieser Präsentation einsetzt", sagte sie. „Glaub mir, ich bin darüber ungefähr genauso begeistert wie du."

„Du kannst gerne ablehnen", meinte Reva.

„Klar, und damit meinen Job aufs Spiel setzen." Tracis Augen blitzten. „Manch einer muss sich seinen Lebensunterhalt selbst verdienen – schon mal was davon gehört?"

Was konnte sie denn dafür, wenn Tracis Eltern kein Geld hatten?, dachte Reva. Sollte sie sich deswegen schlecht fühlen, oder wie?

„Also werde ich bei deiner Modenschau mitmachen und mein Bestes geben", fuhr Traci fort. „Aber lass uns eine Abmachung treffen: Du lässt mich, so gut es geht, in Ruhe und ich dich auch."

„Okay."

Die hatte doch nur Angst, dass sie rausflog, schoss es Reva durch den Kopf, und sie lächelte zufrieden. Laut sagte sie: „Aber vergiss nicht, dass ich der Boss bin, Traci!"

Mit einem zuckersüßen Lächeln drehte sie sich um und ließ Traci stehen.

Wenigstens konnte sie die beiden anderen Models selbst auswählen, dachte sie und lief eilig zu dem Zimmer, in dem sie warteten. Traci war blond. Und Reva wollte auf jeden Fall eine Schwarzhaarige. Und wie sollte das dritte Model aussehen? Noch eine Blondine? Das wäre vielleicht nicht schlecht. Oder noch eine Schwarzhaarige …? Nein, dann würde Traci zu sehr herausstechen.

In Gedanken versunken bog Reva um eine Ecke des Gangs.

Und erstarrte, als sie in ein bekanntes Gesicht blickte.

Daniel Powell verstellte ihr den Weg und kam ganz dicht an sie heran. „Überraschung!", zischte er.

„Was willst *du* denn schon wieder?", fragte Reva genervt. „Was hast du hier verloren?"

„Was ich will?" Daniel entblößte seine Zähne, als sich sein Mund zu einem eiskalten Lächeln verzog. „Ich will Blut sehen! Ich werde dich *töten* …"

10

Reva spürte, wie ihr Mund ganz trocken wurde.

Daniels kaltes Lächeln jagte ihr einen Schauer über den Rücken. Seine Augen verengten sich zu schmalen Schlitzen, und seine Hände ballten sich zu Fäusten.

Er sah nicht so aus, als würde er Scherze machen, durchzuckte es Reva. Aber warum?

„Daniel, ich ... ich verstehe das nicht!", stammelte sie und setzte ihre beste Unschuldsmiene auf. „Was habe ich dir denn getan?"

„Du kannst mir nicht erzählen, dass du das schon vergessen hättest." Daniel trat noch etwas näher. „Vor ein paar Tagen bei euch im Herrenhaus? Der Wachmann? Na, fällt langsam der Groschen?"

„Ach *das*!" Reva seufzte. „Da habe ich mir doch nur einen kleinen Spaß erlaubt."

„Komisch", knurrte Daniel. „Ich konnte gar nicht darüber lachen! Du hast mich richtig in Schwierigkeiten gebracht, falls es dich interessiert. Die Polizei hat mich wie einen Schwerverbrecher behandelt. Sie dachten, ich hätte bei euch einbrechen wollen oder so. Wenn mein Freund nicht zum Revier gekommen wäre und denen erklärt hätte, wer ich bin, dann säße ich jetzt vermutlich im Knast."

„Schade, dass du nicht wirklich sitzt", dachte Reva, doch sie zauberte in Sekundenschnelle einen reumütigen Ausdruck auf ihr Gesicht. „Daniel, das tut mir leid", sagte sie mit leiser Stimme. „Es war echt nur ein Spaß. Wenn ich geahnt hätte, dass du ernsthaft Probleme bekommst, dann hätte ich das doch nie gemacht. Das muss die Hölle für dich gewesen sein!"

„Der Himmel auf Erden war es jedenfalls nicht", stimmte er ärgerlich zu.

Reva schüttelte mitfühlend den Kopf. „Es tut mir so leid!", wiederholte sie. Das sollte nun aber auch reichen, oder? Was wollte er denn noch? Dass sie vor ihm auf den Knien rutschte, in Tränen ausbrach und ihn um Vergebung anflehte?

Daniel fuhr sich mit der Hand durch die kurzen aschblonden Haare. „Okay, ist gut. Ich habe eben vielleicht auch etwas überreagiert", murmelte er. „Mir sind ein bisschen die Nerven durchgegangen."

Stimmt, dachte Reva. Doch sie lächelte und legte ihm die Hand auf den Arm. „Ich mache dir keinen Vorwurf", sagte sie leise. „Können wir die ganze Sache nicht einfach vergessen?"

„Gute Idee." Er erwiderte ihr Lächeln. „Vor allem weil wir uns in der nächsten Zeit bestimmt oft über den Weg laufen."

Reva sah ihn fragend an. Wovon sprach er? Sie hatte jedenfalls keine Lust, mit ihm auszugehen.

„Ich hab dir doch erzählt, dass ich die ganzen Ferien hier in Shadyside verbringe", erinnerte er sie. „Aber es kommt noch besser. Rate doch mal!"

Reva nahm die Hand von seinem Arm. „Ich hasse Ratespiele. Sag mir einfach, was Sache ist."

„Mein Freund hat einen Ferienjob für mich klargemacht. Hier bei *Dalby's*!", verkündete er. „Im Lager."

„Aha." Dachte Daniel, dass sie hier Kisten schleppte und mit dem Gabelstapler durch die Gegend fuhr, oder was?, fragte Reva sich. „Schön für dich", sagte sie. Du, ich muss jetzt leider …"

„Dann vergessen wir die ganze Angelegenheit also und machen uns heute einen schönen Abend?", unterbrach er sie. „Wenn du nichts vorhast, könnten wir essen gehen. Oder ins Kino. Oder beides."

„Daraus wird nichts", erwiderte Reva kühl. „Mein Daddy hat mir verboten, mit Leuten auszugehen, die im Gefängnis saßen."

Sie lachte sich innerlich über ihren fiesen Scherz tot und ließ Daniel einfach im Flur stehen.

Als Reva an der Damentoilette vorbeilief, wurde die Tür aufgerissen, und Grace kam heraus. „Oh, hallo, Reva. Gut, dass ich dich gefunden habe."

„Wieso? War ich vermisst gemeldet?"

„Wie?"

Reva schnaubte genervt. „Ein Witz, Grace. Ich habe einen Witz gemacht."

„Oh ... okay. Ähm, ich wollte dich etwas fragen."

„Dann frag schnell", sagte Reva im Befehlston. „Ich muss dringend zum Modelcasting."

„Genau darum geht es", sagte Grace. „Ich ... äh ..."

„Grace, ich habe es wirklich eilig", fauchte Reva.

„In Ordnung. Also." Grace holte tief Luft. „Also ich habe schon immer davon geträumt, Model zu werden. Und ich habe mich gefragt, ob ... ob du mich nicht vielleicht für deine Modenschau brauchen könntest. Das wäre einfach toll!"

Toll für Grace, dachte Reva. Nicht jedoch für die Modenschau. Sie schüttelte den Kopf. „Grace, du bist dünn, aber das ist auch schon alles, was für dich spricht. Als Model, meine ich. Zum Beispiel bist du nicht groß genug."

„Aber ..."

Reva ließ sie nicht zu Wort kommen. „Und du hältst

dich auch nicht sonderlich gerade. Du ziehst immer die Schultern ein, als hättest du Angst vor deinem eigenen Schatten. Ich will dich nicht verletzen, Grace, aber du hast einfach auch keine Laufsteg-Erfahrung."

Grace wurde feuerrot.

„Du willst doch sicher, dass ich dir die Wahrheit sage", meinte Reva und rang sich ein mitleidiges Lächeln ab. „Weißt du, es ist besser, sich Träume aus dem Kopf zu schlagen, die sowieso niemals in Erfüllung gehen werden, stimmt's? Ich hätte allerdings einen anderen Vorschlag: Du könntest meine Assistentin sein, wenn du willst!"

„Klar, kann ich machen", murmelte Grace.

Reva jubelte innerlich. Vielleicht war Grace jetzt so frustriert, dass sie endlich ihre Sachen packen und nach Hause fahren würde. Es war ein Riesenfehler gewesen, sie überhaupt nach Shadyside einzuladen, diese Spaßbremse. „Wir sehen uns dann nach dem Casting, und bis dahin fällt mir bestimmt auch die eine oder andere Aufgabe für dich ein, ja?"

Grace kaute auf ihrer Unterlippe herum und nickte. „Wenn es jetzt nichts für mich zu tun gibt, dann mache ich vielleicht einen Spaziergang."

„Gute Idee. Bis später!"

Grace drehte sich um und schlurfte mit hängenden Schultern davon.

Reva schüttelte verärgert den Kopf. „Und tschüss", dachte sie. „Am besten kommst du gar nicht wieder..."

Eine halbe Stunde später schickte Reva neun der elf Models, die sich vorgestellt hatten, wieder weg. Sie wartete, bis sie das Zimmer verlassen hatten, dann wandte sie sich ihren beiden Favoritinnen zu.

Ja, sie hatte eine gute Wahl getroffen. Liza Grogan – glattes, glänzendes schwarzes Haar, große braune Augen und unendlich lange Beine.

Ellie Stern hatte kurze rote Locken, hellblaue Augen und wirkte ausgesprochen elegant. Ein bisschen erinnerte sie Reva an sie selbst.

„So eines schenke ich auf jeden Fall meiner Mutter zu Weihnachten!", rief Ellie begeistert, als Reva die Tücher hervorholte, und schlang sich ein rot-goldenes um den Hals. „Sie sind wunderschön!"

„Auf welcher Modeschule warst du denn, Reva?", fragte Liza.

„Auf gar keiner."

„Du machst Scherze!" Ellie starrte Reva erstaunt an. „Ich habe schon jede Menge Designerklamotten gesehen, aber die meisten Sachen kamen nicht im Entferntesten an deine Tücher ran. Sie sind einfach bezaubernd."

„Danke." Reva lächelte verlegen und warf einen kurzen Blick auf die Uhr. „Sobald Traci da ist, können wir mit den Proben beginnen", erklärte sie.

Bei der Erwähnung des Namens verzog Liza schmerzhaft das Gesicht. „Du sprichst nicht zufällig von Traci Meecham, oder?"

„Doch." Reva nickte. „Sie ist das dritte Model. Sie ist bei Dalby's fest unter Vertrag, und deshalb …"

„… deshalb muss Reva sich jetzt mit mir rumschlagen", beendete Traci ihren Satz, als sie ins Zimmer rauschte. Sie starrte Liza an, und ihre Augen verengten sich. „Und *ich* muss mich anscheinend mit dir rumschlagen, Liza."

Liza hielt Tracis Blick stand, dann warf sie den Kopf zurück und lächelte. „Sieht ganz so aus, Traci, aber lass dir von mir nicht den Tag verderben!"

Allem Anschein nach waren Liza und Traci nicht gerade die besten Freundinnen, dachte Reva. Aber das tat nichts zur Sache. Alles, was zählte, war die Modenschau.

Traci sah erst Ellie, dann Reva an. „Dass du sie eingestellt hast, kann ich allerdings verstehen, Reva", sagte sie. „Sie ist dir wie aus dem Gesicht geschnitten. Bleibt nur zu hoffen, dass sie sich nicht genauso aufführt."

Ellie schaute verwirrt von einer zur anderen.

„Mit Reva ist nicht gut Kirschen essen", flüsterte Traci ihr laut genug zu, dass es alle hören konnten.

Reva runzelte ärgerlich die Stirn. „Wollten wir uns nicht professionell benehmen, Traci? Und wenn ich mich recht entsinne, war das sogar *dein* Vorschlag."

Traci zuckte die Schultern. „Das muss mir wohl entfallen sein."

„Tja, dann kann ich nur hoffen, dass dir nicht entfallen ist, wie man gut modelt", schoss Reva zurück. „Denn wenn du die Schau vermasselst, hast du ein Problem."

„Wieso? Was willst du dann machen? Zu deinem Daddy rennen und ihm alles petzen?", fragte Traci höhnisch. „Ich bin unter Vertrag, schon vergessen?"

„He, ihr beiden, hört auf damit. Wir müssen hier doch alle zusammenarbeiten", bat Ellie.

„Ja, leider", murmelte Liza vor sich hin und funkelte Traci feindselig an.

Reva atmete tief durch. Ruhig Blut, sagte sie sich. Von Traci würde sie sich ihre Modenschau jedenfalls nicht kaputt machen lassen. Dafür war ihr das zu wichtig. „Ellie hat recht", erklärte sie. „Wir müssen hier alle an einem Strang ziehen. Also, fangen wir an!"

Reva stieß am hinteren Ende des Zimmers eine Tür auf und führte die Models in den Vorführungssaal. „Der Probedurchlauf findet morgen statt", erklärte sie. „Heute gehen wir den Ablauf aber genau im Einzelnen durch."

Vorne auf der Bühne war eine Drehtür aus Glas aufgestellt worden, die auf einen nachgebauten Bürgersteig führte. „Am Rand des Gehsteigs werden morgen bei der Schau lauter Schaufensterpuppen stehen, die als Kundinnen eingekleidet sind", erklärte Reva. „Ihr kommt durch die Drehtür und lauft vor den Zuschauern den Bürgersteig entlang. Dabei werft ihr mit weit ausholender Geste die Tücher über eure Schultern, damit die Leute sie auch gut sehen können. Dann geht ihr durch die Drehtür zurück."

„Du willst, dass wir uns alle zusammen durchquetschen?", fragte Traci.

Reva schluckte eine bissige Bemerkung hinunter und zählte im Stillen bis zehn. Sie hasste es, wenn andere so begriffsstutzig waren.

„Eine nach der anderen natürlich", sagte sie betont langsam. „Zuerst du, Traci, dann Liza und zuletzt Ellie. Und das proben wir jetzt gleich einmal, damit es auch alle verstanden haben."

Reva trat ein paar Schritte zurück und sah den drei Models zu, wie sie über die Bühne stolzierten. Während der Modenschau würde das natürlich mit Musik unterlegt sein. Der Schriftzug *Dalby's präsentiert Revas Collection* würde in goldenen Lettern über die Glastür projiziert werden. Und die Models wären ganz in Schwarz gekleidet, damit die bunten Tücher richtig zur Geltung kämen.

Es würde eine Modenschau der Extraklasse werden.

„Sorry", flüsterte eine Stimme hinter ihr.

Reva drehte sich um und hatte ihren genervten Gesichtsausdruck aufgesetzt. Doch der verschwand blitzschnell, als sie den Jungen sah, der hinter ihr stand.

Welliges schwarzes Haar, markantes Gesicht, goldbraune Augen und breite Schultern. Er sah unverschämt gut aus.

„Hi", sagte sie mit lasziver Stimme. „Kann ich dir helfen?"

„Ich hoffe doch." Der Junge lächelte sie an. „Ist Liza Grogan hier? Ich soll sie abholen."

„Und wer bist du?"

„Ihr Freund. Grant Nichols." Er grinste. „Und du?"

„Reva Dalby", sagte Reva leichthin.

„Dalby?" Grant klang beeindruckt. „*Dalby* wie der Name des Kaufhauses?"

„Ganz genau." Diesen Typen musste sie unbedingt näher kennenlernen, beschloss Reva. Sie warf einen kurzen Blick hinüber zu der Drehtür, aus der gerade Ellie kam. Von Liza war nichts zu sehen. Gut!

„Tut mir leid, Grant", sagte Reva und lächelte ihn verführerisch an. „Liza ist noch nicht fertig mit der Arbeit."

„Oh nein, dann hat sie den Job also bekommen?"

„Du klingst ja nicht gerade begeistert darüber", meinte Reva.

„Na ja …" Grant zögerte. „Nein, ich freu mich schon irgendwie für sie. Aber für meinen Geschmack nimmt sie das mit dem Modeln etwas zu ernst … und immer wenn sie einen Auftrag hat, dann bekomme ich sie so gut wie gar nicht mehr zu Gesicht. Sie geht dann sogar um neun Uhr schlafen – nicht zu fassen, oder?"

„Ist doch wunderbar", dachte Reva. Laut sagte sie: „Models brauchen einfach viel Schlaf, damit sie frisch aussehen. Für mich wäre das allerdings nichts – ich bin eher ein Nachtmensch."

„Ich auch", erwiderte Grant. Er grinste sie wieder an, als würden sie eine Art Geheimnis teilen.

Wenn das keine Anmache war!, dachte Reva. Sie sah noch einmal aus dem Augenwinkel zur Bühne hinüber. Liza ließ sich noch immer nicht blicken. Jetzt musste sie handeln.

Mit einem Lächeln trat Reva auf Grant zu.

Doch in diesem Moment flog die Tür des Vorführungsraums auf und schlug laut krachend gegen die Wand, sodass Reva erschrocken herumfuhr.

Grace kam hereingestolpert.

Reva zog die Augenbrauen zusammen.

„Reva!", rief Grace schluchzend und rannte auf sie zu. „Du musst mir helfen!"

Reva verschlug es die Sprache.

Grace' linkes Auge war zugeschwollen, und sie blutete aus einer großen Wunde an der Lippe.

Mit wackeligen Knien machte Grace einen weiteren Schritt nach vorne. „Hilf mir – bitte!"

Dann verdrehte sie die Augen, und ihre Knie gaben nach.

Reva schrie entsetzt auf, als Grace vor ihren Augen zusammenbrach.

11

Reva rannte quer durch den Vorführungsraum und kniete sich neben Grace.

Hinter ihr hörte sie die erschrockenen Schreie der Models. „Grant, was ist passiert?", rief Liza.

„Keine Ahnung", erwiderte er. „Sie kam rein und brach zusammen."

Grace stöhnte. Ihre Lider flatterten. „Rory", flüsterte sie Reva mit heiserer Stimme zu. „Es war Rory!"

In Revas Kopf überschlugen sich die Gedanken. Rory? Hier bei *Dalby's*?

Laute Schritte trommelten über die Holzdielen der Bühne, dann über den Marmorboden. Die drei Models und Grant umringten Reva und Grace.

„Sollen wir einen Krankenwagen rufen?", fragte Ellie besorgt. „Schaut euch nur mal ihr Gesicht an."

Grace schüttelte schwach den Kopf und umklammerte mit eiskalten Fingern Revas Handgelenk. „Keinen Krankenwagen", flüsterte sie. „Bitte! Ich muss mich nur kurz ausruhen, dann geht es schon wieder."

Reva sah zu den anderen auf. „Ihr könnt jetzt gehen", sagte sie. „Ich kümmere mich um sie. Wir sehen uns dann morgen zur Generalprobe. Punkt neun."

Als sie gingen, warf Reva Grant noch ein kleines Lächeln zu. Dann kümmerte sie sich wieder um Grace, half ihr vorsichtig auf die Beine und führte sie den Gang hinunter zur Damentoilette.

Grace setzte sich mit zittrigen Knien auf einen Hocker, während Reva am Waschbecken ein paar Papiertücher einweichte. „Was ist passiert?", fragte Reva und wrang die Tücher aus.

„Ich bin die Division Street entlanggeschlendert. Er muss mir gefolgt sein", antwortete Grace. „Ich habe ihn überhaupt nicht bemerkt. Doch kurz vor dem Hintereingang des Kaufhauses fing er mich ab ... Er zog mich hinter zwei LKWs und weiter hinter einen großen Stapel Kisten und ... und dann schlug er auf mich ein." Sie brach ab und schluchzte auf.

Reva reichte ihr die Tücher. „Wir müssen zur Polizei gehen."

„Nein." Grace zuckte zusammen, als sie ihre Lippe mit dem Tuch berührte.

„Aber schau dich doch mal an ...!", gab Reva zurück. „Dafür darf er nicht ungeschoren davonkommen."

Grace schüttelte den Kopf. „Ich glaube nicht, dass er mich noch einmal belästigt."

„Eine Platzwunde an der Lippe und ein blaues Auge nennst du *Belästigung*?", rief Reva ungläubig. „Grace, sei nicht so ein Waschlappen! Du musst diesen Psycho loswerden. Ein für alle Mal."

„Das verstehst du nicht", sagte Grace. „Ich kenne Rory. Er wollte Rache, und er hat sie bekommen. Er wird mich ab jetzt in Ruhe lassen."

Reva verdrehte die Augen. Wenn Grace es so sah – bitte. Das war ihr Problem, sollte sie sich also auch selbst darum kümmern. „Hör zu", sagte sie. „Auf mich wartet hier noch jede Menge Arbeit für meine Modenschau."

„Ja, ich weiß, wie wichtig das für dich ist." Grace verzog den Mund zu einem einseitigen Lächeln. „Geh ruhig wieder an die Arbeit. Mach dir keine Gedanken um mich."

Gerne, dachte Reva. Sie sah in den Spiegel und fuhr

sich mit den Fingern durch die Haare. In diesem Moment ging die Tür auf, und Willow kam herein.

Ihre Blicke trafen sich im Spiegel. Willows Gesichtsausdruck wurde starr, als sie Reva sah, ihre Augen blitzten.

„Wenn Blicke töten könnten", dachte Reva amüsiert, „wäre ich jetzt mausetot."

Grant Nichols durchlief ein Zittern, als Reva ihm die Arme um den Hals schlang. „Was tue ich hier eigentlich?", murmelte er. „Ich kann es nicht glauben, dass das hier wirklich passiert."

„Glaub es ruhig." Reva ließ ihre Finger durch seine gewellten schwarzen Haare gleiten und küsste ihn auf den Mund. „Na, das fühlt sich doch echt an, oder?"

Grant gab ihr einen langen Kuss, dann lehnte er sich zurück und blickte sich in *Pete's Pizza* um. „Ich weiß, dass es real ist", sagte er. „Und genau das ist das Problem. Wenn Liza jemals dahinterkommt …"

„He." Reva legte ihm einen Finger an die Lippen. „Wer ist Liza?"

Sie küsste ihn wieder, lehnte dann den Kopf gegen seine Schulter und lächelte in sich hinein. Grant hatte sie noch an diesem Nachmittag angerufen und gefragt, ob sie Lust hätte, mit ihm auszugehen. Keine große Überraschung. Sie hatte gleich gemerkt, dass er sich für sie interessierte, und dieses Kribbeln gespürt, als sie ihm zum ersten Mal in die Augen gesehen hatte.

Natürlich hatte sie Ja gesagt. Grant gefiel ihr. Und außerdem machte es ihr nichts aus, ihn Liza auszuspannen – das war ein netter Nebeneffekt, der die ganze Sache nur um so aufregender machte. Jetzt saßen sie zusammen im Separee eines kleinen italienischen Restaurants und warteten auf ihre Bestellung.

Grant rieb sein Kinn an Revas Scheitel. „Wie geht es deiner Freundin?", fragte er. „Der mit dem blauen Auge."

„Schon wieder ganz gut." Reva schmiegte sich an ihn. Eigentlich war Grace eine Nervensäge. „Lass uns nicht davon reden. Das war so unerfreulich ..."

„Apropos unerfreulich – ich konnte es kaum glauben, als ich Liza und Traci im selben Raum gesehen habe", meinte Grant. „Ich habe mich gewundert, dass sie sich nicht an die Gurgel gegangen sind. Sie hassen sich nämlich wie die Pest."

„Das konnte ich ja nicht ahnen." Grace verdrehte die Augen. Wen interessierten Traci und Liza?

„Ja, das ist wirklich eine üble Geschichte", fuhr Grant fort. „Traci hat Liza vorgeworfen, dass sie ihr zwei Modeljobs weggenommen hätte. Außerdem war ich mal mit Traci zusammen. Und deshalb denkt sie, Liza hätte ihr nicht nur die Jobs, sondern auch den Freund abspenstig gemacht."

Na und?, dachte Reva. Das war ihr doch egal. „Warum erzählst du mir das alles?", fragte sie.

Grant zog sie näher an sich. „Ich glaube, du solltest vorsichtig sein, das ist alles. Als ich sagte, dass sie sich hassen wie die Pest, habe ich nicht übertrieben. Liza ist alles andere als begeistert darüber, dass sie mit Traci zusammenarbeiten muss. Und Traci umgekehrt genauso wenig. Die Kombination birgt jede Menge Zündstoff, also sieh dich vor."

„Hey!" Reva legte ihre Arme wieder um Grants Hals. „Ich finde, wir haben jetzt genug über Liza und Traci geredet", flüsterte sie sanft und brachte ihre Lippen ganz nah an seine. „Es ist nicht mein Problem, oder?"

Am nächsten Morgen lief Reva um Viertel vor neun vor sich hin summend den Gang zum Vorführungsraum entlang.

Sie war bester Laune. Sie hatte ihre eigene Modenschau, und sie hatte einen gut aussehenden Typ an der Angel. Was wollte man mehr?

Die Tücher würden ein voller Erfolg werden, da war sie sich sicher.

Und der gestrige Abend war auch ein voller Erfolg gewesen. Grant machte sich zu viele Sorgen wegen Liza. Aber Reva hatte sich vorgenommen, dass er Liza bald vergessen haben würde. Er war echt süß, dachte sie. Vielleicht würde sie ganz entgegen ihrer sonstigen Gewohnheiten ja mal ein bisschen länger mit ihm zusammenbleiben.

Summend öffnete sie die Tür und schaltete das Licht an.

Wunderbar. Die Schaufensterpuppen waren inzwischen auf dem nachgebauten Bürgersteig aufgestellt worden.

Als sie den Mittelgang zwischen den Stuhlreihen entlang auf die Bühne zulief, fiel ihr auf, dass eine von ihnen irgendwie fehl am Platze wirkte. Sie stand in einer merkwürdigen Position da – mit gebeugten Knien lehnte sie schräg an ihrem stützenden Stab.

Wenn sie beschädigt war, würden hier Köpfe rollen. Ihr Vater entlohnte die Arbeiter reichlich, da sollten sie doch dazu fähig sein, eine Schaufensterpuppe zu transportieren, ohne dass sie Schaden nahm.

Verärgert ging Reva zu der Puppe, um nachzusehen, was passiert war. Sie packte sie an ihrem silbergrauen Mantel und drehte sie zu sich.

Die Schaufensterpuppe schwang herum. Ihr Kopf

klappte zur Seite weg und gab den Blick auf ein rotes Tuch frei, das ihr fest um den Hals gezurrt war.

Reva berührte die Enden des Tuchs. Es fühlte sich an wie eines von Pam. War da nicht auch eine goldene Schneeflocke draufgemalt? Ja, es stammte definitiv aus *Revas Collection*.

Doch es war nicht mehr zu gebrauchen, da es so fest zugezogen worden war.

Revas Blick wanderte zum Gesicht der Schaufensterpuppe hinauf.

Eine blonde Locke hing ihr in die Stirn.

Ihr Mund war zu einem stummen Schrei geöffnet.

Reva zog die Hand zurück, als hätte sie sich verbrannt, und taumelte nach hinten.

Nein! Oh nein!

Das war keine Schaufensterpuppe!

Traci!

Ooooh nein!

Reva konnte den Blick nicht losreißen von den hervortretenden Augen, dem roten Tuch, das fest um Tracis Hals geknotet war, und dem weit geöffneten Mund – Verzogen zu einem stummen Schmerzensschrei.

12

Reva schlug sich die Hände vor den Mund und erstickte einen Aufschrei. Sie spürte Übelkeit in sich aufsteigen.

„Sie ist tot!", schrie es in ihr. „Traci ist tot!"

Erwürgt!

Reva wich noch weiter zurück. Ihre Knie zitterten so sehr, dass sie Angst hatte, jeden Moment zusammenzubrechen.

Als sie einen großen Ausfallschritt machte, um sich abzufangen, fühlte sie etwas Zähes, Klebriges unter den Schuhsohlen. Sie blickte zu Boden.

Zu Tracis Füßen hatte sich eine Blutlache gebildet.

Dunkelrotes Blut, das sich immer weiter ausbreitete.

Reva schloss die Augen. „Ich stehe in ihrem Blut!", durchzuckte es sie.

Dann riss sie die Augen wieder auf. *Blut?* Aber woher kam denn Blut? Traci war doch erwürgt worden, oder?

Am ganzen Leib zitternd, beugte Reva sich vor und untersuchte Tracis Leiche. Sie zuckte zusammen, als sie den dicken Silberstab entdeckte, der normalerweise den Schaufensterpuppen als Stütze diente. Er war Traci in den Rücken gerammt worden.

Jemand hatte Traci auf brutale Art und Weise ermordet! Sie zuerst stranguliert und sie dann an einem Stützstab festgemacht wie eine Plastikpuppe!

„Das muss die Hölle für dich gewesen sein, Reva!" Ellie strich sich eine rote Haarsträhne hinters Ohr und sah Reva mit besorgter Miene an. „Bist du sicher, dass es dir gut geht? Vielleicht solltest du lieber nach Hause fahren und dich ein bisschen hinlegen."

„Das geht nicht", wies Liza sie zurecht. „Die Polizei will sie vernehmen, schon vergessen? Wir sollen alle verhört werden." Sie seufzte. „Wenn wir es nur schon hinter uns hätten!"

Reva ließ den Blick durch den großen Vorführungssaal schweifen. Man hatte Tracis Leiche weggeschafft, doch der Schock saß Reva noch immer in den Gliedern.

„Ich kann es noch immer nicht glauben", murmelte Ellie. „Als Liza und ich deine Schreie gehört haben, wussten wir sofort, dass etwas Schreckliches geschehen sein musste. Aber ich hätte niemals gedacht, dass ..." Sie schluckte krampfhaft. „Wer hat Traci so sehr gehasst, dass er sie töten musste?"

Reva fielen wieder Grants Worte vom Abend zuvor ein, und sie sah zu Liza hinüber.

Das schwarzhaarige Model saß mit übergeschlagenen Beinen und verschränkten Armen auf einem Stuhl und wippte mit dem Fuß hin und her. Sie wirkte angespannt und ungeduldig.

Aber sie sah nicht aus, als ob sie zu so einer Tat fähig wäre.

Es konnte natürlich sein, dass sie einfach eine gute Schauspielerin war, dachte Reva. Sie nahm ihre Kaffeetasse und sah hinein. Das Zeug hatte sich zu einer zähen Brühe verdickt. Sie stellte die Tasse wieder ab.

Im vorderen Teil des Raums waren Polizisten dabei, Fotos zu machen. Sie pinselten Gegenstände mit Puder ein, um Fingerabdrücke zu nehmen, und sprachen leise miteinander.

Reva warf einen Blick auf ihre Uhr. Schon zwei. Wenn ihr Vater nur nicht auf diesem dummen ganztägigen Geschäftstreffen wäre, dann hätte er die Polizei sicherlich längst dazu gebracht, Reva endlich gehen zu lassen. Sie hatte den Beamten doch bereits alles gesagt, was sie wusste!

Sie sprang vom Stuhl auf und begann, auf und ab zu gehen. Als Erstes wollte sie nach Hause fahren und ein heißes Bad nehmen, und dann musste sie die Modelliste der Agentur heraussuchen, um einen Ersatz für Traci zu beschaffen. Sie hoffte nur, dass ihr Vater nicht auf die Idee kam, alles abzusagen.

„Was passiert nun eigentlich mit der Modenschau?", fragte Liza, als hätte sie Revas Gedanken gelesen. „Findet sie trotzdem statt?"

Ellie stöhnte auf. „Wie kannst du jetzt über Modenschauen reden?"

„Entschuldige, aber ich verdiene mir damit meinen Lebensunterhalt", gab Liza zurück. „Wenn die Schau abgeblasen wird, dann muss ich mir einen anderen Job suchen. Wie sieht es aus, Reva?"

„Ich weiß es noch nicht genau", antwortete Reva. „Und ich kann jetzt auch nicht darüber nachdenken."

Um ehrlich zu sein, war ihr die Modenschau mindestens genau so wichtig wie Liza – wahrscheinlich noch viel wichtiger. Aber warum sollte sie das zugeben? Sie wollte nicht so kaltschnäuzig dastehen – zumindest nicht, solange die Polizei im Haus war.

„Bitte gib mir Bescheid, sobald eine Entscheidung gefallen ist, ja?", sagte Liza. „Ich muss es wissen." Sie schaute zu den Polizisten hinüber und fröstelte. „Das mit Traci geht mir echt nahe, obwohl ich sie nicht leiden konnte. Ich wünschte, Grant wäre hier."

„Ich auch", dachte Reva.

„Miss Dalby?" Ein Inspektor namens Blake kam auf

sie zu. „Wir haben nur noch ein paar Fragen, dann können Sie gehen."

Reva seufzte. Na endlich!

Blake bat Liza und Ellie, sie allein zu lassen, und wandte sich dann an Reva. „Ich hoffe, Sie verstehen, dass wir jeden befragen müssen, der Miss Meecham gestern noch gesehen hat."

„Ja, aber ich habe Ihnen schon alles erzählt, was ich weiß", sagte Reva. „Mindestens zehn Mal", fügte sie in Gedanken hinzu.

Blake fuhr sich mit der Hand über die beginnende Glatze. „Wir versuchen uns ein Bild von ihren letzten Stunden zu machen."

„Das letzte Mal, das ich sie lebend gesehen habe, war gestern in diesem Raum", erwiderte Reva. „Ich arbeite an einer Modenschau, und Traci ist ... war eines der Models."

„Und sie hat Ihnen gegenüber nicht erwähnt, was sie den Rest des Tages noch vorhatte?"

Wohl kaum! „Nein, hat sie nicht."

„Kam sie Ihnen irgendwie aufgeregt oder angespannt vor? Ist Ihnen in dieser Richtung vielleicht etwas aufgefallen?"

Ja, aufgeregt hatte Traci sich schon, aber nur, weil sie mit ihr, Reva, zusammenarbeiten musste, dachte Reva. Sie schüttelte den Kopf. „Und ich kann mir auch beim besten Willen nicht vorstellen, wer ein Motiv hätte, sie zu töten."

Reva sah aus dem Augenwinkel zu Liza hinüber, und ihr kam wieder in den Sinn, wie sehr Liza Traci gehasst haben musste – zumindest wenn man Grant Glauben schenkte. Er hatte sie gewarnt.

Ob sie Inspektor Blake davon erzählen sollte?

Nein. Zumindest *noch* nicht.

Grant hatte bestimmt nicht an so etwas wie Mord gedacht, als er ihr von dem angespannten Verhältnis berichtet hatte. Und außerdem brauchte Reva Liza für ihre Modenschau.

Reva sah demonstrativ auf ihre Uhr und hoffte, dass der Polizist den Wink mit dem Zaunpfahl verstand. Schon Viertel nach zwei! Wenn sie nicht bald hier rauskäme, würde sie schreien.

„In Ordnung, Miss Dalby. Vielen Dank, dass wir Ihre Zeit beanspruchen durften", sagte Blake. „Und sollte Ihnen noch irgendetwas einfallen, dann rufen Sie mich jederzeit an."

„Selbstverständlich." Reva nahm ihre Jacke und ihre Tasche und verließ eilig das Zimmer, bevor dem Inspektor noch weitere Fragen einfielen.

Als sie auf den Flur trat, gingen ihr Grants Worte wieder durch den Kopf: *Liza und Traci hassen sich wie die Pest. Die Kombination birgt jede Menge Zündstoff.*

„Vergiss es", befahl Reva sich. Sie zog den Reißverschluss ihrer Jacke zu und lief hastig den Gang entlang. Sie musste sich auf ihre Modenschau konzentrieren – das hatte absoluten Vorrang.

Sollte die Polizei doch selbst herausfinden, ob Liza tatsächlich etwas mit Tracis Ermordung zu tun hatte. Dafür war sie schließlich da.

„Oh nein!", stöhnte Reva, als sie ihr Auto vor dem Herrenhaus parkte.

In der Auffahrt stand eine Rostlaube von einem Golf, der wie ein Fall für den Autofriedhof aussah.

Genervt starrte Reva auf die Haustür. Bestimmt waren Pam und Willow da. Warum musste das ausgerechnet jetzt sein, wo sie doch so erschöpft und durcheinander war? Pam und ihre gruselige Freundin mit den eiskalten Augen hatten ihr gerade noch gefehlt!

Vielleicht konnte sie sich ja unauffällig an den beiden vorbeimogeln, dachte sie und stieg aus ihrem Mazda. Wahrscheinlich warteten sie im Wohnzimmer auf sie. Also galt es nur, ungesehen in den ersten Stock zu gelangen.

Behutsam steckte Reva den Schlüssel ins Haustürschloss, drehte ihn langsam um und öffnete die Tür einen Spaltbreit. Dann spähte sie hinein.

Die Eingangshalle war leer und düster.

So weit, so gut.

Auf Zehenspitzen lief sie zur Treppe und nahm die erste Stufe. Dann die nächste.

Hinter der Haustür bemerkte sie eine Bewegung.

Reva wollte sich umdrehen.

Doch zu spät!

Jemand sprang auf sie zu.

Eine Hand löste sich aus dem Schatten. Im Dämmerlicht funkelte etwas.

Ein Messer. Die glänzende, scharfe Klinge eines Messers.

Noch bevor Reva schreien konnte, spürte sie den Stich in den Rücken.

13

„Du bist tot, Reva!", kreischte eine schrille Stimme. „Du bist hinüber!"

Reva stolperte nach vorne und schlug auf die harten Marmorstufen.

„Jetzt habe ich dich erwischt!", schrie die Stimme. „Du bist tot, tot, tot!"

Hä? Reva fuhr herum.

Ihr kleiner Bruder stand über ihr und blickte mit einem dämonischen Lächeln auf sie herab. Er riss seine eisblauen Augen weit auf, als er wieder mit dem Messer ausholte.

„Michael! Nein!" Reva rappelte sich auf. „Was tust du da?"

„Ich mache Hackfleisch aus dir!", brüllte Michael. Er hob das Messer noch höher, dann stieß er es auf Reva nieder.

Instinktiv riss Reva den Arm hoch, um das Messer abzuwehren.

Die Klinge traf ihren Unterarm.

Und verschwand im Schaft des Messers.

Ein Messer mit versenkbarer Klinge, schoss es Reva durch den Kopf. Ein Spielzeugmesser!

Wutentbrannt packte sie Michael am Handgelenk und entwand ihm das Messer.

„Au, du verdrehst mir den Arm!", jammerte er.

„Das geschieht dir recht", fauchte Reva ihn an. „Das ist nämlich überhaupt nicht komisch! Du hast mich zu Tode erschreckt!"

„Super!" Er grinste wieder. „So gehört es sich auch. Schließlich bin ich der grausame Rächer."

„Jetzt pass mal auf, Michael", sagte Reva. „Ich hatte einen schlimmen Tag und bin sehr erschöpft – und ganz bestimmt nicht in der Stimmung für deine albernen Spielchen!"

„Das ist kein Spiel!", widersprach er. „Der grausame Rächer macht niemals Spielchen!"

Als Reva ihn zornig ansah, erklangen Schritte hinter ihr. Sie zuckte zusammen und wandte sich schnell um.

Das Hausmädchen mit den dünnen Haaren stand im Durchgang zum Wohnzimmer.

„Schleich dich gefälligst nicht so an!", fuhr Reva sie an.

„Verzeihung, Miss Dalby", murmelte das Hausmädchen. „Ich wollte Ihnen nur mitteilen, dass Sie Besuch haben. Sie werden im Wohnzimmer erwartet."

„Was du nicht sagst", dachte sie. Ihr Vater musste dieses Hausmädchen dringend feuern! „Ich wünsche nicht, dass jemand für mich eingelassen wird, wenn ich nicht zu Hause bin!", sagte sie scharf. „Das darf nicht wieder vorkommen."

„Verzeihung." Das Hausmädchen strich sich eine Haarsträhne aus dem Gesicht. „Soll ich Ihrem Besuch sagen, dass Sie jetzt da sind?"

„Noch nicht", erwiderte Reva missmutig. „Zuerst gehe ich auf mein Zimmer. Und wenn ich bereit bin, Besuch zu empfangen, komme ich wieder herunter."

Als Reva sich umwandte, machte Michael einen Satz auf sie zu. Mit einem gemeinen Lachen schnappte er sich das Spielzeugmesser und rannte die Treppe hinauf.

Reva starrte ihm nach. Der Kleine war wirklich völlig verhaltensgestört. Kein Wunder, dass ihr Vater sich Sorgen machte. Seit ihrer Entführung schwelgte Michael nur noch in Gewaltfantasien.

Zum Glück waren es nur das – Fantasien!

Pam saß im Wohnzimmer in einem der schweren Armsessel beim Kamin. „Wenn Reva sich doch nur ein bisschen beeilen würde", sagte sie.

Willow schnaubte unwillig. „Ich glaube eher, dass sie sich alle Zeit der Welt lässt, bis sie zu uns runterkommt. Wahrscheinlich gibt es ihr was, wenn sie andere warten lassen kann."

„Das Hausmädchen meinte, sie hätte ganz durcheinander gewirkt", gab Pam zu bedenken. „Ich kann das gut verstehen. Schließlich war sie diejenige, die Traci gefunden hat." Sie schauderte. „Der Anblick eines erwürgten Mädchens hat anscheinend nicht mal Reva kaltgelassen. Vielleicht hat sie sich ein paar Minuten hingelegt."

„Das sind aber sehr lange Minuten", beschwerte sich Willow und warf einen Blick auf die Uhr über dem offenen Kamin. „Natürlich ist die Sache mit Traci entsetzlich, aber die beiden waren nicht gerade beste Freundinnen, oder?"

„Wohl kaum", meinte Pam. „Sie konnten sich absolut nicht ausstehen. Ich glaube, dass Onkel Robert Reva gezwungen hat, Traci bei ihrer Modenschau einzusetzen."

„Du meinst bei der Präsentation *unserer* Tücher." Willow lief vor der Fensterfront auf und ab. „Komm schon, Pam. Natürlich wird Reva von der ganzen Sache ein wenig mitgenommen sein, aber das ist nicht der Grund dafür, dass sie eine halbe Ewigkeit braucht."

„Ja, wahrscheinlich hast du recht", stimmte Pam ihr seufzend zu. „Sie lässt andere gerne warten. Vor allem mich – ihre eigene Cousine!"

„Aber wir haben den längeren Atem." Willow lief weiter hin und her. Ihr Gesichtsausdruck war hart, sie wirkte wild entschlossen. „Sie muss endlich einen richtigen Vertrag mit uns machen!"

„Ich weiß." Pam ärgerte sich über sich selbst. Sie hätten nie so lange ohne Vertrag für Reva arbeiten sollen. „Ich komme mir wie der letzte Idiot vor. Ich kenne Reva doch eigentlich gut genug. Sie nutzt andere nur aus – und jetzt sind wir gerade an der Reihe."

Willow stieß ein raues Lachen aus. „Aber nicht mehr lange! Darauf kannst du dich verlassen."

Pam starrte sie an. Wie Willow da ganz in Schwarz gekleidet vor ihr auf- und abtigerte, erinnerte sie sie an einen Panther, der auf Beutefang war. „Was willst du damit sagen?", fragte sie. „Wenn sie uns keinen Vertrag gibt, meinst du, dass wir uns die Tücher dann zurückholen, oder was?"

„Vielleicht", murmelte Willow. „Oder aber ..." Sie verstummte, als Reva hereinkam.

Pam sprang vom Sessel auf. „Reva, hi! Wie fühlst du dich?"

„Ach ..." Reva seufzte und schüttelte den Kopf. „Ich bin immer noch wie gelähmt. Ich brauche dringend etwas Ruhe."

„Das mit Traci ist eine schlimme Geschichte", stimmte Pam ihr zu. Sie räusperte sich. „Willow und ich sind uns dessen bewusst, dass das ein schlechter Moment ist, aber wir müssen dringend etwas Geschäftliches mit dir besprechen. Wir brauchen eine Art Vertrag."

„Sag mal, spinnt ihr?" Revas blaue Augen blitzten. „Es wurde gerade eben jemand *umgebracht*! Was ich erlebt habe, war der absolute Horror! Habt ihr schon vergessen, dass *ich* die Leiche entdeckt habe?"

„Da passt du schon auf, dass es keiner vergisst", murmelte Willow.

Reva warf ihr einen bösen Blick zu und wandte sich dann wieder an Pam. „Ich kann es nicht glauben, dass ihr beide über Verträge reden wollt, wo eines der Models ermordet wurde! ERMORDET!"

„Es gibt keinen Grund, laut zu werden", meinte Pam. „Das mit Traci geht mir auch nahe. Aber wir müssen trotzdem nach vorne schauen und an die Modenschau denken."

„Die Modenschau?", wiederholte Reva höhnisch. „Die können wir uns wahrscheinlich abschminken. Der Mord ist mitten im Kaufhaus geschehen – nur für den Fall, dass dir das entgangen ist. Wahrscheinlich wird Daddy alles abblasen."

„Das ... das geht doch nicht!" Pam rang verzweifelt die Hände. Die Schau sollte abgesagt werden? Nach all der Arbeit, die sie investiert hatten? „Reva, glaubst du wirklich, dass er ..."

Noch bevor Pam ihren Satz beenden konnte, trat Robert Dalby ins Zimmer. Er nickte Pam und Willow kurz zu und streckte die Arme aus. „Ist alles in Ordnung mit dir, mein Schatz?"

„Daddy!", schluchzte Reva auf und warf sich in seine Arme. „Ich bin so froh, dass du da bist! Das mit Traci ist alles so schrecklich ..."

„Es ist ganz furchtbar!" Mr Dalby drückte sie an sich und strich ihr behutsam übers Haar. „Ich habe mir solche Sorgen um dich gemacht, als ich erfahren habe, was passiert ist."

„Es geht mir gut", versicherte Reva ihm. „Ich meine ... natürlich war es der Horror, aber ich werde es überstehen."

„Mein tapferer Schatz!" Mr Dalby drückte sie noch fester an sich.

„Daddy, was ist denn jetzt mit der Modenschau?", fragte Reva. „Wirst du sie absagen?"

Robert Dalby dachte kurz nach. „Nein", antwortete er. „Ich sehe keinen triftigen Grund dafür. Was geschehen ist, ist geschehen. Die Schau zu canceln, macht Traci auch nicht wieder lebendig."

Pam und Willow tauschten einen Blick aus. Willow nickte zu Onkel Robert hinüber und flüsterte Pam zu: „Sag es ihm. Jetzt!"

Pam holte Luft. „Da bin ich aber erleichtert", sagte sie. „Dann können Willow und ich uns ja wieder an die Arbeit machen und unsere Geschäftsvereinbarung mit Reva ausarbeiten."

Ihr Onkel sah sie überrascht an. „Wieso, Pam? Ich dachte, ihr würdet Reva bei der Produktion ihrer Tücher ein wenig unterstützen, weil du ihre Cousine bist ... Wozu braucht ihr da einen Vertrag?"

Revas Tücher! Pam biss die Zähne zusammen und atmete tief durch, als sie und Willow wenige Minuten später wieder im Auto saßen und das Herrenhaus hinter sich ließen.

Onkel Robert hatte noch immer nicht den leisesten Schimmer, dass sie und Willow die Tücher entworfen hatten. Als Pam gerade dazu angesetzt hatte, ihm die Wahrheit zu sagen, hatte das Hausmädchen sie unterbrochen. Ein wichtiger Anruf aus New York. Onkel Robert war nach oben ins Arbeitszimmer geeilt, um das Telefonat entgegenzunehmen.

Und Reva, die vorgab, wegen Traci völlig durch den Wind zu sein, hatte nur gesagt, sie müsse sich jetzt dringend hinlegen. „Wir sprechen ein andermal über die geschäftlichen Belange, ja?", hatte sie vorgeschlagen.

Na klar, dachte Pam.

In einem anderen Leben wahrscheinlich.

„Nicht zu glauben, oder?", fragte sie und warf Willow einen Blick von der Seite zu. „Reva hat Onkel Robert noch nicht mal erzählt, dass wir *alle* Tücher herstellen. Sogar dafür will sie die Lorbeeren absahnen."

„Oh doch, das glaube ich dir aufs Wort." Willow hatte ihre Hände so fest um das Lenkrad gekrampft, dass ihre Fingerknöchel weiß hervortraten. „Reva soll als Nächste dran glauben", sagte sie mit kalter Stimme. „Die hätte es wirklich verdient, ins Gras zu beißen."

„Willow!", schrie Pam entsetzt. „Sag so was nie wieder, hörst du? Das ist ja schrecklich!"

Willows Mund verzog sich zu einem dünnen Lächeln, ihre Augen blitzten vor Zorn.

Pam lief ein kalter Schauer den Rücken hinab, als sie ihre Freundin von der Seite ansah.

Eigentlich kannte sie Willow noch gar nicht so gut, ging es ihr durch den Kopf. Sie war jedenfalls ziemlich hartnäckig und ließ sich nichts gefallen, so viel wusste Pam jetzt.

Aber sie wäre doch nicht zu einem Mord fähig ...

Oder?

14

„Rory, nein! Bitte nicht!" Grace saß angespannt auf dem Bett und hielt den Hörer mit beiden Händen fest umklammert. „Hau endlich ab. Du hast doch bekommen, was du wolltest, oder?"

Sie hörte Rorys Lachen – und zuckte zusammen, als hätte er sie geschlagen. In seiner Stimme lag so viel Verbitterung. So viel Hass!

Rory redete weiter auf sie ein, doch seine Worte ergaben für Grace keinen Sinn.

Sie betastete vorsichtig ihr blaues Auge. „Hör auf!", unterbrach sie ihn. „Hast du mir noch immer nicht genug Schmerzen zugefügt? Bist du noch immer nicht zufrieden?"

Rory machte sich nicht die Mühe zu antworten. Er redete einfach weiter. Es war, als würde er sie gar nicht hören, dachte Grace. Ihm war völlig egal, wie sie sich dabei fühlte. Es ging nur um ihn und seine Rache.

„Du bist verrückt!", schrie sie wieder in seinen Redefluss hinein. „Hast du mich verstanden? Du bist völlig …"

Grace verstummte plötzlich und blickte auf.

Reva stand in der Tür und sah sie mit einer Mischung aus Neugierde und Widerwillen an. „Ist es etwa Rory?", flüsterte sie.

Grace schüttelte schnell den Kopf. Wenn Reva mitbekam, dass Rory sie noch immer nicht in Ruhe ließ, würde sie darauf bestehen, die Polizei einzuschalten. Und das wollte Grace auf keinen Fall. Nicht auszudenken, was dann alles geschehen konnte!

Grace sprach hektisch ins Telefon. „Tut mir leid, aber ich muss jetzt aufhören. Tschüss!" Sie legte auf und zwang sich zu einem Lächeln. „Hi, Reva!"

„Und das war ganz sicher nicht Rory?", hakte Reva nach.

„Nein, meine Mutter", log Grace.

Reva zog misstrauisch eine Augenbraue hoch.

Grace stand auf und ging zum Kleiderschrank. „Ich habe den Fehler gemacht, ihr von der Sache mit Traci zu erzählen. Sie hat sich unheimlich aufgeregt und wollte, dass ich sofort nach Hause komme." Sie warf einen Blick in den Spiegel und fuhr sich mit den Fingern durch die Haare. „Du weißt ja, wie Mütter sind", fügte sie mit einem Seufzen hinzu.

„Nein, weiß ich nicht." Reva schlug die Augen nieder.

„Oh nein, entschuldige!", rief Grace. „Deine Mutter ist ja tot – ich hätte es beinahe vergessen. Das ... das war dumm von mir." Sie sah Reva im Spiegel an. „Auf jeden Fall bin ich froh, dass dein Vater die Modenschau nicht abgesagt hat."

Reva lächelte sie zufrieden an. „Und ich erst. Es tut mir leid um Traci, aber diese Modenschau ist wirklich wichtig für mich. Es wäre dumm gewesen, sie abzublasen, wenn ich doch im Handumdrehen ein anderes Model bekommen kann." Sie schnippte mit den Fingern. „Und außerdem: *The show must go on*, nicht wahr?"

„Genau." Grace griff nach einer Tube Make-up. „Hast du Lust, heute Abend was mit mir zu unternehmen?", fragte sie. „Ich denke, dieses Zeug hier wird mein Veilchen schon abdecken, sodass ich nicht wie ein Boxer aussehe."

„Nein, ich habe schon was vor." Reva sah auf die Uhr. „Deswegen bin ich hier. Ich wollte dir sagen, dass ich in ein paar Minuten losmuss. Daddy nimmt mich ein Stück mit, weil er sowieso in die Stadt zu einem Geschäftsessen fährt."

„In Ordnung." Grace stellte die Make-up-Tube zurück auf die Kommode. Ihre Hände zitterten nach Rorys Anruf noch immer. „Eigentlich ist mir auch gar nicht nach Ausgehen. Ich denke mal, ich bleibe einfach hier und mache mir einen ruhigen Abend."

„Okay." Reva warf ihre Haare zurück und ging zur Tür. „Bis später dann."

„Klar. Viel Spaß!"

„Den werde ich haben", versicherte ihr Reva mit einem Grinsen. „Ganz bestimmt!"

Reva saß im Separee bei *Pete's Pizza* und trommelte ungeduldig mit den Fingern aufs Tischtuch.

Grant war fünf Minuten zu spät.

Wo blieb er nur?, fragte sie sich erbost. Er wusste doch, dass sie ihn brauchte. Er musste das mit Traci auch gehört haben. Liza hatte ihm bestimmt erzählt, dass Reva die Leiche gefunden hatte. Und deshalb hätte er schon voller Sorge hier auf sie warten müssen!

Reva nippte an ihrem Getränk und sah sich in der Pizzeria um. Grant ließ sich noch immer nicht blicken.

„Wenn er nicht binnen drei Minuten auftaucht, bin ich weg", beschloss sie. „Dann gehe ich nach Hause und ... und was? Verbringe den Abend mit Grace?"

Na, das war natürlich eine großartige Alternative, dachte sie zynisch. Da könnten sie ein bisschen rumsitzen und Grace' blauem Fleck dabei zusehen, wie er sich langsam grün und gelb färbte.

Zu dumm, dass Grace' Mutter nicht energischer darauf bestanden hatte, dass ihre Tochter nach Hause kam. Wo sie so darüber nachdachte, wunderte Reva sich, dass Grace Shadyside nicht schon längst den Rücken gekehrt hatte. Rory lauerte ihr hier auf, und Traci war ermordet worden. Sollte sie sich da zu Hause nicht viel sicherer fühlen?

Aber nein! Sie zitterte zwar wie Espenlaub, wenn sie auch nur einen Fuß vor die Haustür setzte, und zuckte bei jedem Geräusch zusammen ... trotzdem wollte sie um jeden Preis bleiben.

„Und ich habe sie am Hals", dachte Reva düster.

„Hey, warum machst du denn ein Gesicht wie drei Tage Regenwetter?", fragte Grant und ließ sich auf die Bank neben Reva fallen. „Tut mit leid, das war eine dumme Frage", fügte er sofort hinzu. „Du musst wegen Traci noch immer völlig durcheinander sein!"

„Natürlich!" Reva warf ihm einen kühlen Blick zu. „Erschwerend kommt hinzu, dass du zu spät dran bist."

„Ich weiß, sorry." Er zog sie an sich und küsste sie. „Sei mir nicht böse, ja?"

Reva erwiderte seinen Kuss und atmete tief ein. Seine Haut war kalt und roch nach frischer Luft. „Sooo böse bin ich nun auch wieder nicht", flüsterte sie. „Aber ich dachte, dir wäre klar, wie schlecht es mir wegen der Sache mit Traci geht. Ich dachte, du würdest hier schon auf mich warten, um mich in die Arme zu schließen."

„Ich wollte auch viel früher hier sein, aber ..." Grant löste sich aus der Umarmung und zog seine Jacke aus.

„Aber was?"

„Mir ist was dazwischengekommen." Er fuhr sich durch die Haare und lächelte nervös. „Und? Hast du schon bestellt?"

Reva schüttelte den Kopf. „Was ist dir denn dazwischengekommen?", hakte sie nach.

Grants Lächeln verschwand schlagartig, und er seufzte. „Liza."

„Liza?" Reva setzte sich ruckartig auf und funkelte ihn an. „Du warst mit Liza zusammen? Deshalb hast du mich warten lassen?"

„Nein, so war es nicht", gab Grant zurück. „Sie rief mich an, um mir von Traci zu erzählen. Aber wir haben uns heute nicht getroffen ..."

„Ich verstehe es immer noch nicht", sagte Reva. „Du warst *nicht* mit Liza zusammen, bist aber trotzdem ihretwegen zu spät dran?"

„Genau. Ich komme mir einfach ziemlich mies vor, weil ich mich hinter ihrem Rücken mit dir treffe", gab Grant zu. „Als sie anrief, fragte sie, ob wir uns heute Abend sehen würden, sie und ich. Ich habe irgendeine Ausrede erfunden, die sie mir auch abgekauft hat. Sie vertraut mir blind ..."

„Und worüber machst du dir dann Sorgen?"

„Dass sie es herausfinden könnte." Grant seufzte wieder. „Ich lüge nun mal nicht gerne. Ich habe ein verdammt schlechtes Gewissen."

Na toll, dachte Reva. Aber so schnell würde sie ihn nicht aufgeben. Und sie wusste auch schon, wie sie es anstellen würde, damit er ihr ganz gehörte.

Sie lächelte ihn lieb an und legte ihre Hand auf seinen Arm. „Hör zu, wenn du wegen Liza ein schlechtes Gewissen hast, dann sollten wir beide das Ganze vielleicht einfach vergessen", sagte sie.

„Nein!" Er nahm ihre Hand und drückte sie fest. „Das will ich nicht, Reva. Auf keinen Fall!"

Reva lächelte. „Gut, ich brauche dich nämlich viel dringender als Liza. Also vergiss sie einfach, okay?" Sie schmiegte sich eng an ihn und küsste ihn.

Grant erwiderte ihren Kuss – zuerst sanft, dann immer drängender. „Ich werde es versuchen", flüsterte er.

„Nein, nicht versuchen", raunte Reva mit tiefer Stimme. „Tu es einfach!"

Als Grant Reva später am Abend nach Hause fuhr, lehnte sie ihren Kopf zurück und sah aus dem Autofenster.

Shadyside sah aus wie auf einer Postkarte. Die Stadt lag tief verschneit. Die Straßenlaternen hatten dicke weiße Hauben auf, an den Haustüren hingen Tannenkränze, in den Vorgärten standen Schneemänner, und Bäume und Büsche waren mit Lichterketten geschmückt.

„Wenn ich doch nur einen Hauch von Weihnachtsstimmung verspüren würde", dachte Reva. „Vielleicht hebt sich meine Stimmung ja, wenn die Modenschau ein voller Erfolg wird."

Vor der Haustür gab sie Grant einen langen Kuss. „Ich kann es kaum erwarten, dich wiederzusehen", murmelte sie, die Lippen an seiner Wange. „Treffen wir uns morgen, wenn ich mit der Arbeit fertig bin?"

„Morgen?"

„Ja natürlich." Reva sah ihn an. „Oder hast was anderes vor?"

Grant zögerte kurz, dann schüttelte er den Kopf. „Ich gehöre ganz dir, Reva."

„Fein, so mag ich das." Sie küsste ihn noch einmal, dann schlüpfte sie ins Haus. Es war erst halb neun. Da sie keinerlei Lust verspürte, den Rest des Abends mit Grace zu verbringen, lief sie leise die Treppe hinauf und schlich an Grace' Zimmer vorbei zu ihrem eigenen.

Als sie die Tür öffnete, klingelte das Telefon.

Vielleicht war es Grant, dachte sie hoffnungsvoll.

Doch dann schüttelte sie den Kopf. Nein, sie hatten

sich ja gerade erst verabschiedet. Unwahrscheinlich, dass er sie gleich wieder anrief.

„Wahrscheinlich ist es Pam", schoss es ihr durch den Kopf. Pam, die Nervensäge. Dachte sie ernsthaft, Reva hätte nichts Wichtigeres zu tun, als einen Vertrag mit ihr auszuarbeiten? Ihr musste doch klar sein, dass sie und Willow ihre Tücher ohne Reva niemals hätten verkaufen können. Oder wären sie mit einer Tüte bei den Nachbarn hausieren gegangen?

Reva überlegte kurz, einfach nicht ranzugehen, doch dann änderte sie ihre Meinung. Noch vor dem dritten Läuten hob sie ab. „Ja bitte?", sagte sie gereizt.

„Reva."

Die Stimme war leise und heiser. Auf keinen Fall war es Pams Stimme – noch konnte Reva sie jemand anderem zuordnen, den sie kannte.

„Ja?", wiederholte sie. „Wer spricht da?"

„Das tut nichts zur Sache", krächzte der Anrufer.

„Was soll das …?"

„Halt die Klappe, Reva, und hör mir gut zu!"

Reva umklammerte das Telefon fester.

„Du verdienst es nicht besser als Traci!"

Traci! Reva lief ein eiskalter Schauer den Rücken hinab.

„Hast du mich verstanden, Reva?", krächzte der Anrufer. „Ich wiederhole es aber gerne noch mal für dich: Du hast es nicht besser verdient als Traci!"

15

„Wer spricht da?", fragte Reva noch einmal.

„Traci ist tot", flüsterte der Anrufer, ohne auf Revas Frage einzugehen. „Weißt du noch, wie sie ums Leben kam?"

Reva hatte das Bild von Tracis Leiche sofort wieder vor Augen.

Der Anrufer stieß ein kurzes, boshaftes Lachen aus. „Na komm schon, Reva, du weißt ganz genau, wovon ich spreche."

Mord! Davon sprach der Anrufer. Sie sollte ermordet werden, genau wie Traci.

Reva umklammerte das Telefon noch fester, sie stand vor Angst wie erstarrt da. Sie hatte Tracis Mörder am Apparat – und nun war er hinter *ihr* her!

„Ich würde dich jetzt zu gerne sehen, Reva", flüsterte die Stimme. „Wahrscheinlich zitterst du am ganzen Leib und überlegst dir, wo du dich am besten vor mir verkriechen kannst."

Unwillkürlich warf Reva einen Blick in den Spiegel auf der anderen Seite des Zimmers – der Anrufer hatte recht: Sie sah verängstigt aus. Bleich, hilflos und mit weit aufgerissenen Augen.

„Reiß dich zusammen!", schalt sie sich und funkelte ihr Spiegelbild wütend an. Sie war nicht in Gefahr. Zumindest nicht jetzt, im Moment. Und hilflos war sie auch nicht.

Schnell sah Reva auf das Display des Telefons. Rufnummernanzeige war doch eine großartige Erfindung! Sie riss die Schublade ihres Nachttischs auf, nahm einen

Stift und einen Zettel heraus und schrieb die Nummer hastig vom Display ab.

„Vergiss nicht, was ich dir gesagt habe, Reva", krächzte die Stimme. „Bis bald! Ich melde mich wieder."

Der Anrufer legte auf.

„Du meldest dich bald bei gar keinem mehr!", dachte Reva.

Mit einem grimmigen Lächeln wählte sie die Nummer der Polizei.

„Hier spricht Reva Dalby", meldete sie sich, als jemand abnahm. „Ich muss mit Inspektor Blake sprechen."

„Um was geht es denn?", fragte der Polizist in gelangweiltem Tonfall.

„Es geht um Traci Meecham", erklärte Reva. „Sagen Sie Inspektor Blake, dass ich gerade einen Anruf von ihrem Mörder erhalten habe. Einen Drohanruf." Sie machte eine Pause, um ihre Worte wirken zu lassen. „Außerdem habe ich die Telefonnummer des Apparats, von dem aus der Mörder angerufen hat."

Der Polizist klang plötzlich äußerst interessiert und notierte sich die Nummer. Dann sagte er Reva, sie würde einen Rückruf erhalten.

Zwanzig Minuten später klingelte das Telefon. „Miss Dalby, hier spricht Inspektor Blake. Wir haben den Anrufer. Würden Sie bitte aufs Revier kommen, um ihn zu identifizieren?"

„Wer ist es denn?", fragte Reva, doch Blake hatte schon aufgelegt.

Reva nahm ihren Mantel und eilte zum Auto.

Ein kalter Wind wehte eisige Schneeflocken gegen die Windschutzscheibe, als sie durch die nächtlichen Straßen fuhr. Obwohl Reva die Heizung voll aufgedreht hatte, konnte sie nicht aufhören zu zittern.

In wenigen Minuten würde sie dem Mörder von Angesicht zu Angesicht gegenüberstehen.

Wer es wohl war?

Wer hatte Traci ermordet?

Wer wollte ihr dasselbe antun?

Noch immer zitternd parkte Reva ihr Auto vor dem Polizeirevier und rannte hinein.

Inspektor Blake erwartete sie bereits. „Danke, dass Sie so schnell hergekommen sind", sagt er. „Hier entlang." Er ging einen grell erleuchteten langen Gang voran, dessen Boden mit braunem Linoleum ausgelegt war.

„Wer ist es?", wollte Reva wissen, als sie hinter Blake herlief. „Wo haben Sie ihn gefunden? Oder war es eine Frau? Ich habe die Nummer nicht erkannt. Kam der Anruf aus einer Telefonzelle …?"

Ohne zu antworten, hielt Blake vor einer schwarzen Tür an, drückte die Klinke hinunter und stieß sie auf.

Reva war aufgeregt und zornig zugleich. Zornig, weil ihr der Anrufer tatsächlich Angst eingejagt hatte. Sie wollte ihm in die Augen sehen. Sie holte tief Luft und trat ein.

An eine Wand gelehnt stand ein Polizist und nippte an einem Plastikbecher. Er machte einen entspannten, fast schon gelangweilten Eindruck. Doch seine Augen waren fest auf einen verkratzten Holztisch in der Mitte des Zimmers gerichtet.

Revas Blick glitt zu der Person, die dort am Tisch saß.

Sie erstarrte.

„Du?", keuchte sie.

16

Auf dem Stuhl saß Daniel Powell, der Reva mit weit aufgerissenen Augen anstarrte.

„Du?", wiederholte sie. „Du hast Traci ermordet?"

„Nein!" Daniel sprang so heftig auf, dass der Stuhl umkippte.

Mit einem einzigen Satz war der uniformierte Polizist bei ihm und packte Daniel mit seiner großen Hand an der Schulter. Mit der anderen hob er den Stuhl auf. „Setz dich hin!", befahl er mit einer Stimme, die keinen Widerspruch duldete.

Daniel ließ sich langsam wieder auf den Stuhl sinken. Er atmete so schwer, als hätte er einen Dauerlauf gemacht.

Inspektor Blake warf Reva einen Blick zu. „Wie es aussieht, kennen Sie sich."

Reva nickte. „Ja, vom College." Sie wandte sich wieder an Daniel. „Warum hast du Traci umgebracht? Du hast sie doch nicht mal gekannt!"

„Genau. Ich habe sie nicht gekannt. Und ich habe sie auch nicht ermordet", erklärte Daniel. „Reva, bitte, du musst mir glauben!"

„Warum sollte ich?", fragte sie misstrauisch. „Immerhin hast du mich angerufen und mich bedroht. Du hast gesagt, dass ich es nicht besser als Traci verdient hätte. Warum sollte ich dir also auch nur ein Wort glauben?"

„Weil ich die Wahrheit sage!" Daniel raufte sich die aschblonden Haare. „Ich ... ich gebe ja zu, dass ich Reva heute Abend angerufen habe", meinte er an Inspektor

Blake gewandt. „Und ich habe Ihnen auch erzählt, weshalb."

„Ach, da bin ich aber gespannt!", sagte Reva kühl. „Was in aller Welt habe ich dir getan, dass du mir mit Mord drohst?"

„Das weißt du ganz genau", sagte Daniel leise. „Ich bin nach Shadyside gekommen, um dich zu überraschen, und du hast getan, als würdest du mich nicht mal kennen. Ich war dermaßen geladen, Reva – und bin es immer noch. Mit dieser Morddrohung wollte ich dir heimzahlen, dass du mich wie den letzten Dreck behandelt hast."

„Und deshalb musste Traci sterben?", fragte Reva. „Um mir einen schlechten Scherz heimzuzahlen?"

„Ich habe sie nicht ermordet!", schrie Daniel. „Wie oft soll ich es noch sagen? Ich habe Traci nicht getötet!"

„Wir werden sehen." Blake nickte Reva zu. „Gehen wir in mein Büro. Dort können Sie Ihre Aussage machen und dann nach Hause fahren."

Reva warf Daniel noch einen vernichtenden Blick zu, dann drehte sie sich um und folgte Blake aus dem Zimmer.

„Was haben Sie angestellt, dass er so eine Wut auf Sie hat?", fragte Blake, als sie den verwaisten Gang entlangliefen.

„Er stand mitten in der Nacht vor meiner Haustür, und ich habe dem Sicherheitsdienst gesagt, ich würde ihn nicht kennen", erklärte Reva. „Ich weiß gar nicht, warum er sich so darüber aufregt. Am nächsten Tag habe ich mich für meinen kleinen Scherz entschuldigt."

Blake zog die Augenbrauen hoch, als ob auch er nicht darüber lachen könnte.

Reva zuckte mit den Achseln. Manche Leute verstanden einfach keinen Spaß.

Blake bog in ein kleines Büro ab, blieb vor einem Metalltisch stehen und bot ihr einen Stuhl an. Aus einer der Schubladen zog er ein Formular, während Reva den Blick durchs Zimmer schweifen ließ.

Senfgelbe Wände, abgewetzter Linoleumboden, ein kleines, schmutziges Fenster sowie ein überquellender Abfalleimer. Das war an Geschmacklosigkeit kaum noch zu überbieten, dachte sie. Wie konnte jemand in einer solchen Müllkippe arbeiten?

Mit der Hand wischte sie den Staub vom Stuhl, bevor sie sich setzte.

Blake legte das Formular in eine Schreibmaschine ein und begann mit zwei Fingern auf den Tasten herumzuhämmern.

Hallo?, dachte Reva. Willkommen im einundzwanzigsten Jahrhundert! Hatte die Polizei von Shadyside noch nie was von Computern gehört?

„Bitte buchstabieren Sie mir Ihren Nachnamen", bat Blake.

Reva seufzte. „D, A ..."

Das Telefon auf dem Schreibtisch klingelte.

Blake hob ab.

Vielleicht musste er ja zu einem dringenden Einsatz, dachte Reva voller Hoffnung. Sie trommelte mit ihren weinroten Fingernägeln auf der Stuhllehne herum und versuchte, in Blakes Miene zu lesen.

Der Inspektor hörte ein paar Sekunden lang mit gerunzelter Stirn zu. „Sind Sie sicher?", fragte er. „Und es besteht nicht der geringste Zweifel?"

Wieder eine Pause. Blakes Stirnfalten wurden tiefer.

Reva warf einen Blick auf ihre Armbanduhr und wippte ungeduldig mit dem Fuß hin und her.

„In Ordnung. Danke." Blake legte auf und stieß die

Luft aus. „Nun gut, es sieht aus, als würde Daniel die Wahrheit sagen."

„Was soll das heißen?", fragte Reva. „Wollen Sie damit sagen, dass nicht *er* Traci ermordet hat?"

Der Inspektor schüttelte den Kopf. „Er hat ein Alibi für die Tatzeit. Er hat sich nicht in der Nähe des Kaufhauses aufgehalten."

„Und das stimmt auch sicher?"

„Mein Mitarbeiter hat es mir gerade bestätigt", erklärte Blake. „Das Alibi ist absolut wasserdicht. Wir müssen ihn laufen lassen."

Blake wandte sich wieder seiner Schreibmaschine zu. „Ihre Aussage möchte ich dennoch zu Protokoll nehmen, damit Sie wegen dieses Anrufs gerichtliche Schritte einleiten können."

Reva stand auf. „Darüber muss ich erst nachdenken."

„Er hat Sie bedroht, Miss Dalby", sagte Blake. „Aber ohne Ihre Mithilfe können wir die ganze Sache nicht weiterverfolgen."

„Jetzt will ich erst mal nach Hause. Es war ein schlimmer Tag für mich, und ich bin sehr erschöpft", erklärte Reva. „Ich melde mich wieder bei Ihnen."

Als sie Richtung Ausgang lief, durchsuchte sie ihre Manteltasche nach den Autoschlüsseln. Einer der Schlüssel hatte sich in ein paar losen Fäden des Innenfutters verfangen. Sie sah hinunter, um den Knoten zu entwirren.

Und rannte direkt in Daniel hinein.

Daniel fing sie gerade noch auf.

„Fass mich nicht an!", fauchte sie.

„Okay, okay." Er machte einen Schritt zurück und zog den Reißverschluss seiner Jacke zu. „Hör mir bitte kurz zu. Das mit dem Anruf tut mir leid. Wirklich. Es war dumm, und ich hab's nicht so gemeint."

Reva sah durch Daniel hindurch, als wäre er Luft.

„Ach, vergiss es!", rief er. „Ich weiß echt nicht, warum ich meine Zeit damit verschwende, mich bei dir zu entschuldigen!"

Darauf hatte Reva auch keine Antwort. Erwartete er allen Ernstes, dass sie ihm das verzeihen könnte? Sie blieb einfach stehen und wartete darauf, dass er ging.

„Aber merk dir eines, Reva", murmelte er leise, als er sich umdrehte und die Tür aufzog. „Früher oder später kriegst du schon noch die Quittung."

Ein eisiger Luftzug fegte herein, als die Tür hinter ihm zufiel.

Er hatte ihr schon wieder gedroht. Reva merkte, wie sich die feinen Härchen auf ihren Armen aufstellten. Hier, auf dem Polizeirevier, hatte er ihr gedroht! Der Kerl musste völlig verrückt sein!

Sollte sie umkehren und Inspektor Blake informieren?

Reva blickte zurück auf den tristen Flur und entschied sich dagegen. Sie konnte Blake genauso gut von zu Hause aus anrufen, wo es warm und gemütlich war. Sie hatte keine Lust, auch nur eine Sekunde länger als nötig hierzubleiben.

Mit einem Ruck zog sie ihre Autoschlüssel aus der Tasche, stellte den Mantelkragen auf und lief nach draußen.

Der Schnee lag noch höher als zuvor. Langsam ging Reva die rutschigen Stufen hinunter und bahnte sich ihren Weg über den Gehsteig. Der Wind heulte und trieb ihr eisige Schneeflocken ins Gesicht. Sie konnte von Glück reden, wenn sie sich heute Nacht keine Lungenentzündung holte!

Reva blinzelte ins Schneetreiben und eilte mit eingezogenem Kopf den Gehsteig entlang. Als sie ihr Auto sah, fiel sie in Laufschritt.

Plötzlich rutschte sie auf dem vereisten Bürgersteig aus und ruderte wild mit den Armen, um sich abzufangen. Dabei entglitt der Schlüsselbund ihren klammen Fingern und landete neben dem Gehsteig auf einem Rasenstück im Schnee.

Na toll! Das war noch das i-Tüpfelchen für diesen rundum beschissenen Abend!

Mit angewidertem Gesichtsausdruck suchte Reva den Boden nach ihrem Schlüsselbund ab. Als sie mit dem Fuß im Schnee scharrte, hörte sie hinter sich ein Geräusch.

Schritte!

Sie sah sich um. „Hallo?"

Keiner da. Im schwachen Schein der Straßenlaternen konnte Reva die Umrisse der geparkten Autos ausmachen. Dazwischen lagen tiefe Schatten.

Sie wandte sich wieder um und suchte das schneebedeckte Gras in der Hoffnung ab, die Schlüssel endlich zu finden und von hier wegzukommen.

Sie mussten doch irgendwo liegen!

Wieder Schritte.

Reva wirbelte herum. „Wer ist da?", rief sie, doch der eisige Wind riss ihr die Worte von den Lippen.

Keine Antwort.

Weit und breit war niemand zu sehen.

Reva lief ein Schauer über den Rücken, doch nicht der Kälte wegen.

„Hallo? Ist da jemand?"

17

Wieder ertönten Schritte – diesmal näher.

„Vergiss die Schüssel!", sagte Reva sich. „Du bist nicht weit vom Polizeirevier entfernt. Renn zurück, und hol Hilfe!"

Das Herz schlug ihr bis zum Hals, als sie loslief.

Zwischen zwei geparkten Autos löste sich eine Gestalt aus den Schatten.

Reva schrie, machte auf dem Absatz kehrt und rannte in die Gegenrichtung.

„Reva!", rief eine Stimme. „Bleib stehen! Ich bin es!"

Reva versuchte abzubremsen, doch sie rutschte auf dem eisigen Untergrund aus. Im letzten Moment fand sie das Gleichgewicht wieder und wirbelte herum.

Eine schemenhafte Gestalt kam auf sie zugerannt. Dann erreichte sie den Lichtkegel einer Straßenlampe.

Grace Morton.

Revas Furcht verwandelte sich in unglaubliche Wut. „Grace!", schrie sie. „Was machst du denn hier?"

„Pssst!", keuchte Grace, als sie mit kleinen Trippelschritten vorsichtig zu Reva rannte. Der Wind hatte ihre feinen braunen Haare verstrubbelt, ihre Nase war rot, und ihre Zähne schlugen aufeinander. „Schrei nicht so laut, sonst …"

„Warum hast du dich so an mich herangeschlichen?", unterbrach Reva sie barsch. „Du hast mich zu Tode erschreckt!"

„Nicht so laut!", beschwor Grace sie und packte Reva am Arm. „Ich hab mich nicht an dich herangeschlichen."

„Ja klar, es war der Heilige Geist", fauchte Reva.

„Ich war es nicht!" Grace sah sich ängstlich um. „Das muss Rory gewesen sein."

„Was? Rory ist hier in der Nähe?"

„Ja, er hat mich verfolgt. Das versuche ich dir ja die ganze Zeit klarzumachen", flüsterte Grace. „Er dreht jetzt total durch. Er sagt, er wird mich töten – und dich auch, weil du mir geholfen hast!"

Reva fühlte ganz deutlich Panik in sich aufsteigen. Das Blut rauschte ihr in den Ohren, als sie, so schnell es ging, zu der Stelle zurücklief, an der sie den Schlüsselbund verloren hatte.

„Was machst du da?", wollte Grace wissen. „Dein Auto ist doch da drüben!"

„Mir sind die Schlüssel runtergefallen", schrie Reva sie an. „Und jetzt steh hier nicht dumm rum, sondern hilf mir suchen!"

Grace rannte zu ihr und begann zusammen mit Reva den Schnee abzusuchen. „Wir müssen uns beeilen!", drängte sie, ihre Stimme nur noch ein ängstliches Wimmern. „Er ist verrückt. Wir müssen schnell machen!"

Panisch kratzte Reva mit ihrem Schuh im Schnee herum. Etwas klirrte.

„Ich hab sie!", rief sie.

Sie beugte sich hinunter, um die Schlüssel aufzuheben.

„Er kommt! Schnell, Reva!", kreischte Grace.

Reva packte den Schlüsselbund und rannte zum Auto. Sie wagte es nicht, sich auch nur einmal umzublicken. Jede Sekunde zählte.

Am Auto angekommen, ging sie mit zittrigen Fingern ihre Schlüssel durch, um den richtigen herauszusuchen.

Grace schluchzte auf.

Ob sie versuchen sollten, zum Revier zurückzurennen?,

überlegte Reva kurz. Aber dann entschied sie sich dagegen. Sie wollte nur noch von hier weg.

Endlich fand sie den Autoschlüssel und schloss mit bebenden Händen auf. Sie riss die Tür auf und sprang hinein. Fieberhaft suchte sie das Zündschloss.

Grace warf sich in den Beifahrersitz und schlug die Tür zu. „Ich habe ihn gesehen", schrie sie. „Nichts wie weg hier! Schnell!"

Reva legte den Gang ein und ließ den Motor aufheulen. Das Auto machte einen Satz nach vorn und kam dann wieder zum Stehen, da die Reifen auf dem Eis durchdrehten. Sie schlitterten leicht zur Seite.

Grace kauerte sich in ihrem Sitz zusammen.

Reva biss die Zähne aufeinander und legte den Rückwärtsgang ein. Sie fuhr ein kleines Stück zurück und dann wieder vorwärts.

Schließlich griffen die Reifen.

Reva trat das Gaspedal durch, und das Auto fuhr mit quietschenden Reifen an. Der Tacho schoss auf neunzig hoch, als sie die Straße entlangrasten. Reva ging ein bisschen vom Gas.

„Schneller, schneller, schneller!", drängte Grace.

„Wenn ich nicht langsamer mache, dann verliere ich bei der eisigen Fahrbahn die Kontrolle." Reva warf einen Blick in den Rückspiegel. Die Straße hinter ihnen war leer. Kein Auto weit und breit. Niemand, der ihnen hinterherrannte. „Außerdem werden wir nicht verfolgt, Grace. Wir haben es geschafft! Wir sind ihn los."

Grace saß zusammengesunken im Beifahrersitz, ihre Hände, die sie in den Schoß gelegt hatte, zitterten. „Wir werden ihn niemals los", sagte sie leise. „Jedenfalls nicht endgültig. Rory wird mich verfolgen, wohin ich auch gehe."

Reva verließ die Division Street. „Das ist verrückt, Grace!", erklärte sie. „Und ich habe auch die Nerven verloren und bin in Panik geraten. Wir hätten zum Polizeirevier zurücklaufen sollen. Am besten drehe ich gleich wieder um. Und dann zeigst du Rory an, damit er endlich verhaftet wird."

„Nein!" Grace setzte sich ruckartig auf. „Tu das nicht, Reva! Bitte nicht! Rory würde mich umbringen, wenn er herausbekäme, dass ich ihn angezeigt habe. Er würde uns beide umbringen!"

„Aber du hast doch vorhin gesagt, dass er das sowieso vorhat." Reva lief ein Schauer über den Rücken. „Hat er wirklich gesagt, dass er mich auch töten will?"

Grace nickte. „Wenn er herausbekäme, dass ich bei der Polizei war, würde er einfach untertauchen. Er ist ziemlich raffiniert. Die würden ihn nie und nimmer finden. Und wenn wir uns dann in Sicherheit wiegen, kriegt er uns dran!"

Reva massierte sich mit der rechten Hand die Schläfe. Würde sie für den Rest ihres Lebens immer einen Blick über die Schulter werfen müssen? Nur weil sie so nett war und Grace über die Weihnachtsferien zu sich eingeladen hatte?

Von guten Taten hatte sie definitiv die Nase voll, wenn das der Dank dafür war.

„Was ist überhaupt passiert?", fragte sie, als sie um eine weitere Kurve Richtung North Hills abbogen. „Ist Rory bei uns zu Hause aufgekreuzt?"

„Er hat angerufen", erklärte Grace. „Er sagte, er wäre ganz in meiner Nähe. Sehr nah. Zuerst habe ich ihm das nicht abgenommen. Aber dann haben ein paar Minuten danach die Hunde wie verrückt gebellt. Ich habe aus dem Fenster geschaut, und da stand er!"

„Auf dem Grundstück?", wollte Reva wissen. „Wo waren die Wachleute?"

„Nein, er war nicht auf dem Grundstück, sondern draußen vor dem Tor." Grace hielt ihre klammen Hände vor die Lüftung, aus der es warm kam. „Und vom Sicherheitsdienst habe ich keinen gesehen. Vielleicht hat der Wachmann versucht, die Hunde zu beruhigen oder so."

„Rory kommt im Leben nicht an den Hunden vorbei", sagte Reva. „Du hättest im Haus bleiben sollen."

„Kann sein, aber ich ... ich bin in Panik geraten", gab Grace zu. „Ich konnte einfach nicht anders, ich musste da weg. Also habe ich mich durch den Hinterausgang rausgeschlichen und bin den ganzen Weg bis in die Stadt gerannt."

„Zu dumm, dass du da haltgemacht hast", dachte Reva. „Du hättest weiterrennen sollen – raus aus meinem Leben!"

„Es tut mir alles so leid", murmelte Grace. „Ich weiß, dass ich dir nichts als Ärger mache, Reva."

Reva verdrehte die Augen. „Dann pack doch deine sieben Sachen, und zisch ab!", dachte sie.

Sie seufzte. „Nicht nur du, Grace", sagte sie. „Daniel hat mich heute Abend am Telefon bedroht. Deshalb war ich auch auf dem Revier. Er sagte, ich würde dasselbe Schicksal wie Traci verdienen. Nicht zu fassen, oder? Und alles nur wegen eines kleinen Scherzes."

Grace schüttelte den Kopf. „Das ist ja entsetzlich. Anscheinend hast du ihn ganz schön verletzt."

Reva stöhnte genervt. „Ach komm! Ich habe ihn nicht gebeten herzukommen. Daniel ist ein Loser, und damit basta. Ich bin so froh, dass ich Grant kennengelernt habe."

„Im Gegensatz zu Liza wahrscheinlich", murmelte Grace.

Reva schnaubte verächtlich. „Wenn sie nicht auf ihren Freund aufpassen kann, dann ist das ihr Problem. Und außerdem", fügte sie noch hinzu, „brauche ich Grant gerade wirklich ... nach allem, was geschehen ist."

„Du meinst Tracis Ermordung?", fragte Grace. „Das ist eine schlimme Sache."

Reva nickte. „Und es hat die Vorbereitungen für meine Modenschau total durcheinandergebracht. Morgen ist die erste Präsentation, wie du weißt, und es gab gar keinen richtigen Probedurchlauf. Als Erstes muss ich morgen ganz dringend ein neues Model einstellen. Ich hoffe nur, dass sie den Ablauf schnell kapiert."

„Ich bin sicher, dass alles gut gehen wird", machte Grace ihr Mut.

„Hoffen wir es", erklärte Reva. „Die Tücherschau ist wirklich wichtig für mich. Da darf nichts schiefgehen."

Als Reva vor dem Herrenhaus anhielt, setzte Grace sich auf. Sie wirkte wieder sehr angespannt.

Auch Reva sah sich nervös um. Ihr war kein Auto aufgefallen, das sie verfolgt hätte. Doch das hatte nichts zu bedeuten. Vielleicht hatte Rory einfach einen anderen Weg hierher genommen.

Aber alles schien ruhig. „Wenn Rory wirklich hier wäre, dann würden die Hunde anschlagen", beruhigte sie Grace. „Komm, gehen wir rein."

Als sie ausstiegen und schnell die breiten Stufen zum Herrenhaus hinaufliefen, ging die Eingangstür auf.

Revas Vater stand mit ernster Miene in der Tür.

„Daddy!", rief Reva. „Was ist los? Ist was passiert?"

„Das kann man so sagen", antwortete er, und seine Stimme klang genauso ernst, wie sein Gesicht aussah. „Ich habe schlechte Neuigkeiten. Sehr schlechte."

18

Grace keuchte entsetzt auf. „Es ist wegen Rory, nicht wahr? Was hat er getan?"

Mr Dalby starrte sie an. „Ich verstehe nicht ganz, was du meinst, Grace. Wer ist Rory?"

„Das ist doch jetzt egal, Daddy!", rief Reva. „Du siehst ganz aufgebracht aus. Was ist denn los?"

„Zieh deinen Mantel aus, und komm mit ins Wohnzimmer", sagte ihr Vater zu ihr. „Wenn du uns entschuldigen würdest, Grace?"

„Äh, ja, natürlich." Grace lief die Treppe hinauf. „Bis dann, Reva."

Reva warf ihren Mantel auf den Boden und folgte ihrem Vater ins Wohnzimmer.

Mr Dalby stand am Kamin und sah sie ernst an.

„Daddy, sag schon, was passiert ist!", bat Reva. „Ist was mit Michael?"

„Deinem Bruder geht es bestens", fuhr ihr Vater sie an. „Nein, es geht um *dich*, Reva."

„Um mich?" Reva überlegte fieberhaft, was sie angestellt haben konnte, dass ihr Vater so zornig auf sie war.

„Deine Cousine Pam und ihre Freundin haben mir vor einer Stunde einen Besuch abgestattet. Sie haben mir ein paar interessante Sachen erzählt. Interessant – und ein wenig verwirrend."

Oh, oh, dachte Reva. Es ging also um die Tücher. Die beiden waren tatsächlich hergekommen und hatten alles ausgeplaudert.

„Ich bin ziemlich enttäuscht von dir", sagte Mr Dalby.

„Du hast mir gegenüber so getan, als hättest du die Tücher entworfen. Wie konntest du mich dermaßen belügen?"

„Daddy, ich ..."

„Und dann hast du dich auch noch geweigert, den beiden einen Vertrag zu geben!", unterbrach ihr Vater sie. „Du wolltest sie über den Tisch ziehen, Reva! Was hast du dir nur dabei gedacht?"

„Daddy, das hast du völlig falsch verstanden!", rief Reva. „Ich habe nie behauptet, dass ich die Tücher entworfen hätte. Und außerdem habe ich mich nicht geweigert, mit Pam und Willow einen Vertrag abzuschließen! Ich wollte ganz fair zu ihnen sein. Das ist alles ein großes Missverständnis. Ich wollte dir doch alles erzählen!"

„Ach so? Und warum hast du es dann nicht getan?"

„Ich hatte einfach zu viel um die Ohren", erklärte sie. „Ich will, dass die Modenschau absolut perfekt läuft, und das bedeutet jede Menge Arbeit, wenn man nur ein paar Tage Zeit zum Vorbereiten hat. Und dann ..."

„Ja?"

Reva senkte den Blick und schluckte. „Dann wurde Traci ermordet", fuhr sie mit brüchiger Stimme fort. „Es ... es war alles so schrecklich, dass ich ganz vergessen habe, dir von Pam und Willow zu erzählen."

Mr Dalby schwieg.

Reva hielt den Kopf gesenkt und sah ihn von unten her durch die Wimpern an.

Gut, er sah nicht mehr ganz so böse aus. Sie hatte ihn bald weichgekocht. „Es tut mir wirklich leid", sagte sie leise. „Ich wollte dich nicht anlügen."

„Na ja ..." Ihr Vater räusperte sich. „Ich weiß, dass Tracis Tod ein Schock für dich war. Und trotzdem – du hättest mir von Anfang an die Wahrheit sagen müssen, Reva."

„Ich weiß", flüsterte sie. „Ich wollte es ja, aber ..."

„Die beiden waren ziemlich verärgert – und das zu Recht."

„Ja." Reva ballte die Hände zu Fäusten.

„Ich habe mit den beiden eine Vereinbarung getroffen. Eine sehr großzügige Vereinbarung", setzte er hinzu.

„Das ist gut!", rief Reva begeistert. „Danke, dass du mir das abgenommen hast, Daddy."

Dann hatten sie jetzt endlich ihren verdammten Vertrag, auf den sie so scharf waren, dachte Reva. Herzlichen Glückwunsch. Aber die Lorbeeren würde immer noch sie absahnen.

„Hör zu, Daddy, ich gehe jetzt lieber schlafen", sagte sie. „Ich muss morgen früh im Laden sein, weil dann die erste Modenschau stattfindet, und ich möchte, dass alles wie am Schnürchen läuft."

„Das wäre auch besser", sagte ihr Vater warnend. „Denn wenn nur noch die kleinste Kleinigkeit schiefgeht, dann sehe ich mich gezwungen, die Schau abzusagen."

„Mach dir keine Sorgen, Daddy, es wird alles klappen", versicherte Reva ihm. „Versprochen."

Sie küsste ihren Vater auf die Wange und verließ dann eilig das Wohnzimmer.

Auf der Treppe kochte die Wut in ihr hoch, als sie an alles zurückdachte, was in den letzten paar Stunden geschehen war.

Die Morddrohung von Daniel. Das ewige Rumgesitze bei der Polizei. Dann hatte Grace' verrückter Exfreund sie verfolgt.

Und als ob das alles noch nicht genug wäre, hatte auch

noch ihre eigene Cousine sie hintergangen. Pam hatte sie wegen der Tücher verpetzt!

Und jetzt war ihr Vater böse auf sie und hatte gedroht, alles platzen zu lassen, wenn noch etwas geschah.

Sie wusste, dass er es verdammt ernst meinte.

Reva fühlte, wie ihre Wangen vor Demütigung heiß brannten, als sie durch den Flur lief.

Als sie ihr Zimmer betrat, klingelte das Telefon.

Mit ein paar Schritten war sie am Nachttisch, dann zögerte sie jedoch und biss sich auf die Unterlippe.

Wenn es wieder Daniel war? Was hatte er auf dem Polizeirevier zu ihr gesagt? *Früher oder später kriegst du schon noch die Quittung.* Auf ein weiteres Telefonat mit ihm konnte sie gut und gerne verzichten.

Oder es war Rory. Rory, der nun auch sie im Visier hatte.

Das Telefon klingelte wieder.

Reva streckte die Hand danach aus und zog sie dann wieder zurück.

Sollte sie rangehen?

19

„Reiß dich zusammen!", sagte Reva sich. „Wenn es wirklich wieder Daniel ist, dann wird die Polizei ihn festnehmen, ehe er bis drei zählen kann."

Und wenn es Rory war? Dann würde sie einfach wieder die Rufnummernerkennung nutzen und ihn endgültig aus ihrem und Grace' Leben verbannen!

Reva holte tief Luft und hob ab. „Wer spricht da?", fragte sie mit kalter Stimme.

„Ich bin's, Reva. Grant."

„Grant!" Reva ließ sich mit einem Seufzer der Erleichterung aufs Bett fallen. „Das ist ja eine nette Überraschung!"

„Wen hast du denn erwartet?", fragte er. „Na, derjenige sollte sich jedenfalls warm anziehen. Du klangst, als wolltest du ihm den Kopf abreißen."

„Stimmt. Aber lass uns nicht darüber reden", meinte Reva. Sie streckte sich auf dem Bett aus und schob sich ihr Kissen in den Nacken. „Gut, dass du anrufst. Ich habe den schlimmsten Abend meines Lebens hinter mir. Und außerdem schwirrt mir der Kopf wegen morgen." Sie lächelte ins Telefon hinein. „Du rufst bestimmt an, um mir viel Glück zu wünschen, oder? Das ist echt lieb von dir."

„Äh, klar wünsche ich dir viel Glück." Grant zögerte. „Aber das ist nicht der Grund meines Anrufs."

„Aha?"

„Ich …" Grant verstummte.

Reva zog die Augenbrauen hoch. Was hatte er denn? „Was ist?", fragte sie barsch.

„Na ja ... also ... als ich nach unserem Treffen heute Nachmittag nach Hause kam, habe ich mich ziemlich mies gefühlt wegen Liza", sagte Grant schnell. „Und ich denke, dass wir beide uns lieber nicht mehr treffen sollten."

„Wie bitte?" Reva setzte sich ruckartig auf. „Wie kannst du so etwas sagen? Ich dachte, du magst mich!"

„Das tu ich doch auch!", erklärte Grant. „Aber ich habe ein schrecklich schlechtes Gewissen, wenn ich mich hinter Lizas Rücken mit dir treffe."

Am liebsten hätte Reva ihn angeschrien, dass er dann ganz einfach mit Liza Schluss machen solle.

Doch sie riss sich am Riemen. Wenn Grant Liza wirklich von ihm und Reva erzählen würde, dann würde Liza sicherlich nicht an der Modenschau teilnehmen. Und das durfte nicht geschehen. Reva brauchte sie.

Und Grant brauchte sie auch. Viel mehr, als Liza ihn brauchte. Und außerdem war *sie* es, die bestimmen würde, wann Schluss war. Nicht er.

Reva trommelte frustriert mit den Fingern auf den Nachttisch. Warum musste Grant ausgerechnet heute einen Rückzieher machen?

„Oh ... Grant!", sagte sie und stockte absichtlich. „Ich ... ich weiß gar nicht, was ich darauf sagen soll. Ich ... ich habe mich in dich verliebt!"

„Wirklich?"

„Natürlich!", flüsterte Reva und gab ihrer Stimme einen erotischen Klang. „Ich dachte, du wärst etwas ganz Besonderes. Und ich auch für dich. Ich muss nur an dich denken, und ich bekomme so ein Kribbeln im Bauch. Ich war mir sicher, dass es dir genauso geht. Doch ... anscheinend habe ich mir etwas vorgemacht."

„Reva ..." Grant zögerte, dann holte er tief Luft. „Nein, nein, du hast dich nicht getäuscht."

„Aber du hast doch gerade gesagt ..."

„Vergiss, was ich gesagt habe", unterbrach er sie. „Ich muss verrückt gewesen sein. Du bedeutest mir sehr viel, Reva. Und ich will mit dir zusammen sein." Er schwieg kurz. „Steht unsere Verabredung für morgen Abend noch?"

„Natürlich", hauchte Reva ins Telefon. „Ich kann es kaum erwarten."

Als sie auflegte, lächelte Reva in sich hinein. Es hatte nicht viel Überredungskunst bedurft, Grant davon zu überzeugen, bei ihr zu bleiben.

Vielleicht liefen die Dinge ab jetzt nach *ihrem* Kopf.

Revas Herz schlug aufgeregt, als sie am nächsten Morgen durch *Dalby's* lief. Sie hatte einen Ersatz für Traci gefunden – ein Model namens Marla. Ellie erklärte Marla gerade den Ablauf der Schau. Blieb nur zu hoffen, dass Marla schnell von Begriff war, denn die erste *Revas Collection*-Modenschau begann in weniger als zwanzig Minuten.

Angespannt steckte Reva den Kopf in das kleine Zimmer, in dem Pam und Willow an der Arbeit waren. Sie hatte erwartet, die beiden tief über die Tücher gebeugt vorzufinden, doch stattdessen hatten sie sich gemütlich in ihren Stühlen zurückgelehnt und tranken Kaffee.

„Was ist denn hier los?", fuhr Reva sie an.

Pam zuckte erschrocken zusammen und verschüttete etwas Kaffee auf ihren Faltenrock. „Hi, Reva." Sie nahm ein Taschentuch und wischte hektisch an dem Fleck herum. „Wir haben beide heute nicht mal gefrühstückt", erklärte sie und deutete auf eine fettfleckige Papiertüte auf dem Tisch. „Willst du auch einen Donut?"

„Nein, ich möchte keinen fetttriefenden Donut", gab

Reva zurück. „Mir ist schon schlecht. Und überhaupt: Wie könnt ihr hier so rumsitzen?"

„Das ist ganz einfach: hinsetzen und zurücklehnen", meinte Willow ironisch, fuhr sich mit der Hand durch die stacheligen kupferblonden Haare und gähnte. „Wir haben die beiden letzten Tage durchgearbeitet – ich könnte direkt ein Schläfchen gebrauchen."

Reva funkelte sie böse an. „Die erste Modenschau beginnt in wenigen Minuten", erklärte sie barsch. „Und danach geht der Verkauf los. Ich will, dass die Regale voll sind mit Tüchern. Das Schlimmste, was uns passieren kann, ist, dass wir ausverkauft sind."

„Wir werden nicht ausverkauft sein", versicherte ihr Pam.

„Wenn ihr hier nur faul herumsitzt, vielleicht doch", schoss Reva zurück.

Willow steckte die Hand in die Tüte und nahm sich einen Donut mit Puderzucker heraus. „Du solltest mal in den Vertrag schauen, den wir mit deinem Vater gemacht haben, Reva", sagte sie lässig. „Darin steht nichts von einem Vierundzwanzigstundentag."

„Ah, richtig, das habe ich ja ganz vergessen. Herzlichen Dank, dass ihr hinter meinem Rücken zu meinem Vater gerannt seid", entgegnete sie wütend.

„Wir hatten keine andere Wahl", rief Pam. „Immer wieder haben wir dich auf den Vertrag angesprochen, aber du hast ja nichts in die Wege geleitet."

„Aha. Könnte es vielleicht sein, dass ich mit der Modenschau alle Hände voll zu tun hatte?", fragte Reva. „Und nur zur Erinnerung: Ohne mich gäbe es keine Modenschau. Und wenn ihr ein bisschen Geld verdienen wollt, dann solltet ihr euch schleunigst wieder an die Arbeit machen."

Mit einem letzten bösen Blick auf Pam und ihre nervige Freundin drehte Reva sich um und ging davon. Als sie um eine Ecke des Gangs bog, sah sie Daniel mit einem Stapel Kartons aus dem Lager kommen.

Mit Entsetzen wurde ihr klar, dass er noch immer hier arbeitete. Wieder kamen ihr seine Worte vom Vorabend in den Sinn, und sie spürte, wie sie erschauderte. *Früher oder später kriegst du schon noch die Quittung.*

Arbeitete er deshalb hier? Um ihr das Leben schwer zu machen?

Darum würde sie sich nach der Schau kümmern, beschloss Reva. Dann würde sie ihren Vater dazu bringen, ihn zu feuern.

Daniel blickte auf. Als er Reva sah, blieb er stehen. Doch Reva lief an ihm vorbei, als wäre er Luft.

Für sie war er ja auch Luft.

Sie bog um eine weitere Ecke und warf nervös einen Blick auf die Uhr. Noch fünf Minuten bis zur ersten Modenschau. Es musste einfach perfekt werden!

Am Eingang zum Vorführungsraum stand ein großes Schild. *Dalby's präsentiert Revas Collection* prangte in goldenen Buchstaben darauf. *Handbemalte, handgenähte Tücher. Modenschauen um zehn, vierzehn und neunzehn Uhr.* Einige Kundinnen lasen das Schild und traten ein.

Reva lächelte und ging weiter, um den Saal durch einen schmalen Seiteneingang zu betreten, der direkt hinter die Bühne führte. Leise lief sie zu dem roten Samtvorhang und spähte hindurch auf die Zuschauerreihen.

Der Raum war zum Bersten gefüllt. Erwartungsvolles Gemurmel ertönte aus den Zuschauerreihen.

Reva spürte, wie Aufregung in ihr aufstieg.

„Reva, hi!" Ellie kam angelaufen, gefolgt von Marla. „Marla und ich sind gerade mit dem Programm der Schau durch. Sie hat es richtig gut drauf."

„Sehr gut." Reva ließ den Vorhang wieder fallen und sah die zwei Models an. Marla hatte schwarzes Haar wie Liza, während Ellie dieselbe Haarfarbe wie Reva hatte.

„Wir überprüfen noch einmal unser Make-up", erklärte Ellie ihr. „Viel Glück!"

„Danke." Reva warf einen letzten Blick auf die Uhr. Es wurde Zeit.

Sie fuhr sich durch die Haare, strich ihr kurzes schwarzes Kleid glatt und trat durch den Vorhang.

Die Gespräche im Raum verstummten schlagartig.

Reva holte tief Luft. „Herzlich willkommen zur *Revas Collection*-Modenschau", sagte sie in das Mikrofon, das an der linken Seite der Bühne stand. „Wir präsentieren Ihnen heute eine wunderschöne Kollektion von Tüchern. Jedes ist ein Unikat. Künstlerisch. Stilvoll. Einzigartig. *Revas Collection* finden Sie exklusiv hier bei *Dalby's*."

Der Vorhang ging auf. Dahinter kamen die Drehtür und die Schaufensterpuppen zum Vorschein, die auf dem nachgebauten Gehsteig postiert waren. Farbige Scheinwerfer beleuchteten die Bühne, und aus den Lautsprechern erklang weihnachtliche Musik, die mit Hip-Hop-Rhythmen unterlegt war.

Die Zuschauer applaudierten.

Die Musik wurde leiser, und Reva legte wieder die Hand ans Mikrofon. „Unser erstes Model ist Liza!", verkündete sie und wies mit dem Arm auf die Drehtür.

Die Musik schwoll an.

Das Publikum sah gespannt auf die Tür.

Es vergingen mehrere Sekunden.

Doch auf der Bühne war niemand zu sehen.

Das Publikum wartete. Leises Gemurmel kam auf.

Immer noch keine Liza.

Reva spürte, wie sie vor Scham rot anlief. Wo blieb

Liza? Wie konnte sie so dämlich sein und ihr Stichwort verpassen? Und Reva derart bloßstellen?

Weitere Sekunden verstrichen, die Reva wie eine kleine Ewigkeit erschienen.

Angestrengt starrte sie an der Drehtür vorbei und entdeckte im Dunkel dahinter Ellie und Marla, die auf ihren Einsatz warteten. Sie fing Ellies Blick auf und formte mit den Lippen die stumme Frage: „Wo ist Liza?"

Ellie schüttelte den Kopf und zuckte die Schultern.

Dann musste sie das Ganze wohl mit zwei Models durchziehen, dachte Reva zornig. Und wenn die Schau vorbei war, würde sie dafür sorgen, dass Liza nie wieder einen anderen Modeljob bekam. Nicht bei *Dalby's*. Nicht in Shadyside. Die würde sie fertigmachen!

Reva zwang sich zu einem Lächeln und wandte sich wieder an die Zuschauer. Dabei fiel ihr Blick auf eine Schaufensterpuppe auf der anderen Seite der Bühne. Die Scheinwerfer erreichten sie nicht, sodass sie zum größten Teil im Schatten blieb.

Doch Reva konnte genug erkennen, um zu sehen, dass sie irgendwie verdreht an ihrem Stützstab lehnte.

Vom Hals hing ihr ein grünes Tuch aus *Revas Collection* bis hinunter zum Boden.

Revas Blick wanderte zum Kopf der Schaufensterpuppe hinauf.

Er war in einem merkwürdigen Winkel verdreht.

Die glänzenden schwarzen Haare hingen der Puppe über das eine Auge.

Das andere war weit aufgerissen.

Reva sah in Lizas starres Gesicht und begann zu schreien.

22

Die fröhliche Weihnachtsmusik erstarb. Doch die bunten Scheinwerfer ließen ihre Lichtkegel noch immer über die Bühne wandern.

Schlagartig verstummte das Publikum. Es war so still im Saal, dass man eine Stecknadel hätte fallen hören können.

Alle waren wie erstarrt.

„Liza ist tot", flüsterte Reva und blickte voller Entsetzen auf die Leiche des Models. „Sie ist tot – erwürgt!"

Über das Mikrofon hallte Revas brüchige, ängstliche Stimme laut durch den Raum.

Die Zuschauer blieben einen Moment lang still. Waren wie gelähmt.

Dann schrie eine Frau: „Sie hat recht! Schaut euch die eine Schaufensterpuppe genau an – das ist ein echter Mensch! Ein junges Mädchen!"

Reva umklammerte das Mikrofon und starrte das ermordete Model mit weit aufgerissenen Augen an – das grüne Tuch, das so fest um ihren Hals gezurrt war. Lizas Kopf, der merkwürdig weghing. Ihr starres braunes Auge.

Im Vorführungsraum brach Panik aus. Schreie hallten durch den Saal. Stühle wurden umgerissen, als die Zuschauer aufsprangen und den Raum fluchtartig verließen.

Wie betäubt hielt Reva sich immer noch mit beiden Händen am Mikrofon fest, da ihre Beine nachzugeben drohten. Sie musste hier raus! Und zwar schnell. Sie spürte schon, wie die Übelkeit in ihr hochstieg.

Aber sie war wie gelähmt. Ihr Herz raste, doch ihre

Beine waren wie festgemauert. Sie konnte nur dastehen und auf Lizas Leiche starren.

Ellie trat näher an Liza heran. Im Licht der Scheinwerfer schien ihr rotes Haar zu brennen. Sie streckte die Hand aus, um das tote Mädchen zu berühren, zuckte dann jedoch zurück und begann zu schluchzen. Marla stand mit schreckensbleichem Gesicht daneben.

Reva zwang sich, den Blick von Liza abzuwenden, und sah sich im Vorführungsraum um.

Am Ausgang rempelten sich die Leute in wilder Panik an, um möglichst schnell aus dem Saal zu kommen.

Eine Frau wurde gegen einen umgefallenen Stuhl geschubst und geriet ins Stolpern. Eine andere rannte in sie hinein und stieß sie vollends zu Boden, stieg dann schnell über sie hinweg und lief weiter.

Reva wandte sich ab und bemerkte zwei Gestalten am anderen Ende des Raumes.

Zwei, die ganz still dastanden. Die nicht panisch kreischten. Die nur zusahen.

Pam und Willow.

Sie blickten nach vorne zur Bühne.

Mit ausdruckslosen Mienen.

Ohne die geringste Gefühlsregung.

Reva spürte, wie eine Gänsehaut sie überlief. Wie konnten die beiden so seelenruhig zusehen? Waren sie dermaßen abgebrüht?

Als hätten sie Revas Blick gespürt, sahen sie von Liza zu Reva.

Reva stieß einen Schrei aus, ließ das Mikrofon los, machte auf dem Absatz kehrt und rannte von der Bühne und durch den Seiteneingang hinaus.

Doch bei jedem Schritt fühlte sie Pams und Willows Blicke im Rücken.

Fast zwei Stunden später verließ Reva den Lagerraum, in dem die Polizei ihre Befragungen durchführte. Seufzend zog sie die Tür hinter sich zu.

Ihr schwirrte der Kopf, und sie fühlte sich zerschlagen.

Was machten die Polizisten da überhaupt?, fragte sie sich, als sie ihren Mantel anzog. Die verschwendeten ihre Zeit damit, Leute wie sie zu vernehmen, während irgendwo da draußen ein Mörder frei herumlief.

Ein Mörder, durchzuckte es Reva.

Traci und Liza – beide ermordet.

Beide waren Models in ihrer Modenschau.

Wer war als Nächste an der Reihe? Sie selbst?

Schritte näherten sich. Reva zuckte zusammen und atmete erleichtert auf, als sie Grant erblickte. Er ging langsam und mit hängenden Schultern. Seine Augen waren gerötet.

„Grant", rief Reva. Sie rannte ihm entgegen und schlang ihm die Arme um den Hals. „Ich bin so froh, dass du da bist. Es ist alles so schrecklich!"

„Ich weiß", flüsterte er mit brüchiger Stimme. „Ich … ich habe gerade mit Lizas Eltern gesprochen."

„Ich verstehe es einfach nicht", sagte Reva und schmiegte sich eng an ihn. „Zwei Morde! Das kann doch nicht wahr sein. Das ist alles nur ein böser Traum. Es war so grässlich, Liza zu sehen … ich dachte, ich würde jeden Moment ohnmächtig werden!"

Reva legte ihrer Wange an seine Brust und drückte sich fester an ihn. Sie wartete darauf, dass er sie in seine warmen, starken Arme nahm.

Doch Grant stand nur stocksteif da.

„Bitte, Grant, halt mich ganz fest!", bat sie. „Ich habe solche Angst!"

Er seufzte und tätschelte ihre Schulter.

Reva zog die Augenbrauen zusammen. Was sollte das? Sie hob den Kopf und blickte zu ihm auf.

Grant sah an ihr vorbei. In seinen Augen standen Tränen.

„Hey", sagte Reva. „Hast du mich nicht gehört? Ich möchte, dass du mich festhältst!"

Grant holte zittrig Luft. „Ich kann nicht, Reva. Ich … ich fühle mich so grauenhaft. Tut mir leid."

„*Dir* geht es schlecht? Was meinst du denn, wie ich mich fühle?", fragte sie wütend.

„Ich weiß. Aber … aber Liza hat mir wirklich viel bedeutet", sagte er leise. „Ich kann nicht glauben, dass … dass sie ermordet wurde. Und ich komme mir schuldig vor. Und leer …" Er verstummte und ließ den Kopf hängen.

„Grant, das mit Liza ist furchtbar. Aber sie ist tot." Reva packte ihn am Arm und schüttelte ihn behutsam. „Doch ich bin noch da, und ich brauche dich."

„Liza hat mich auch gebraucht, und ich war nicht für sie da." Auf einmal funkelte Grant sie wütend an. „Kapierst du das denn nicht? Ich war nicht da."

„Dann sei wenigstens für mich da!", entgegnete Reva.

„Ich kann nicht. Es geht einfach nicht."

„Ach, vergiss es!", fauchte Reva. „Wenn du dich nur ausheulen willst, such dir jemand anderen!"

Sie wandte sich abrupt von ihm ab und ließ ihn stehen. „Was für ein Jammerlappen!", dachte sie. „Heult nur wegen irgendwelcher Schuldgefühle rum, während es mir so dreckig geht."

Empört lief Reva zum Parkplatz hinaus. Sie würde jetzt nach Hause fahren und erst einmal ein heißes Bad nehmen, um die grausigen Bilder loszuwerden.

Als sie mit dem Mazda auf die Division Street einbog, rollte ein dunkles Auto vom Randstein und fädelte sich hinter ihr in den Verkehr ein.

An einer Kreuzung schaltete die Ampel auf Gelb. Reva trat das Gaspedal durch, um nicht anhalten zu müssen.

Eine Hupe ertönte. Reva warf einen Blick in den Rückspiegel. Das dunkle Auto war über Rot gefahren und noch immer direkt hinter ihr.

Nervös umklammerte sie das Lenkrad fester. Wurde sie verfolgt?

„Das bildest du dir ein!", sagte sie sich. Doch die Zweifel blieben. Es hatte zwei Morde gegeben. Und beide in ihrem engen Umfeld. Es war ganz natürlich, dass sie sich Sorgen machte.

Vielleicht hatte der Mörder jetzt sie im Visier.

Vielleicht war sie als Nächste dran.

Reva warf erneut einen Blick in den Rückspiegel. Das dunkle Auto verfolgte sie tatsächlich. Jetzt fuhr ein anderer Wagen rechts neben ihr auf gleicher Höhe. Sie ließ ihn vorbei, dann riss sie das Steuer herum und bog rechts ab. Mit quietschenden Reifen fuhr sie um eine weitere Kurve und raste durch eine Seitenstraße.

Mit klopfendem Herzen blickte sie in den Spiegel.

Von dem dunklen Auto weit und breit keine Spur.

Erleichtert fuhr Reva weiter. Sie machte einen Umweg und sah alle paar Sekunden kurz in den Rückspiegel, bevor sie schließlich in die Auffahrt zum Herrenhaus bog.

Schnell hastete sie ins Haus und hinauf in den ersten Stock. Sie beschloss, ihren Vater anzurufen, bevor sie in die Wanne stieg. Vielleicht hatte die Polizei ja inzwischen schon einen Verdächtigen festgenommen. Und falls nicht, dann würde sie ihrem Vater von ihrem Verfolger erzählen.

Als Reva am Gästezimmer vorbeilief, hörte sie Grace schreien: „Rory, hör endlich mit diesen Anrufen auf! Ich flehe dich an, fahr nach Hause, und lass mich in Frieden! Was? Nein! Rory ..."

Reva ging weiter. Sie musste dieses Mädchen ganz dringend loswerden. Sie hatte auch ohne Grace und ihren durchgeknallten Exfreund schon genug Probleme!

In ihrem Zimmer ließ Reva ihren Mantel an Ort und Stelle auf den Boden fallen und ging zum Telefon, um ihren Vater anzurufen.

„Bitte sag, dass die Polizei den Mörder geschnappt hat!", flehte sie im Stillen. „Dann ist dieser Albtraum endlich vorbei!"

Sie setzte sich aufs Bett und nahm den Hörer ab.

Grace' verzweifelte Stimme kam aus der Leitung. „Rory, bitte sag so was nicht! Hör bitte endlich auf, mir zu drohen!"

Reva massierte sich mit der freien Hand die Schläfe. Als sie gerade wieder auflegen wollte, ertönte eine zweite Stimme aus dem Hörer.

„Beim nächsten Ton ist es elf Uhr fünfundvierzig und zwanzig Sekunden", sagte sie. „Die Temperatur beträgt minus zwei Grad. Wünschen Sie einen Weckruf, dann drücken Sie die Eins ..."

Wie? Reva starrte das Telefon entgeistert an. Was sollte das?

Warum sprach Grace mit einer Servicenummer?

„Nein, Rory!", rief Grace. „So geht es nicht weiter! Es ist vorbei mit uns beiden, hast du mich verstanden?"

Dann folgte wieder die Stimme vom Band. „Beim nächsten Ton ist es elf Uhr fünfundvierzig und vierzig Sekunden. Die Temperatur ..."

Grace nahm keine Notiz von der Tonbandstimme und flehte verzweifelt: „Lass mich endlich in Ruhe, Rory! Und ruf mich nie, nie wieder an!"

„Beim nächsten Ton ist es elf Uhr sechsundvierzig", sagte die Stimme vom Band.

23

Reva legte langsam auf. Mit klopfendem Herzen starrte sie auf das Telefon.

Grace hatte ihr das Gespräch mit Rory nur vorgespielt!

Aber wieso? Das gab doch keinen Sinn! Grace hasste Rory. Warum also sollte sie vortäuschen, mit ihm zu sprechen, wenn er gar nicht dran war?

Reva runzelte die Stirn, als ein Gedanke sie heiß durchzuckte.

Hatte Rory überhaupt *jemals* hier angerufen? Hatte Grace ihr die ganze Zeit über etwas vorgemacht? War alles eine einzige Lüge? Die Anrufe, die Drohungen, das blaue Auge?

Nein, das konnte nicht sein. Grace würde sich doch nicht selbst ein Veilchen verpassen!

Oder doch?

Eigentlich kannte sie Grace nicht sonderlich gut, überlegte Reva. Seit drei Monaten waren sie Zimmergenossinnen. Doch was wusste sie schon wirklich von ihr – außer dass sie ziemlich schüchtern und unauffällig war. Und dass sie einen gemeingefährlichen Exfreund hatte.

Wenn das überhaupt stimmte.

Reva schauderte. Mit einem Mal stieg Furcht in ihr auf.

Wer *war* diese Grace? Wen hatte sie sich da ins Haus geholt?

Es gab nur eine Möglichkeit, das herauszufinden. Sie musste Grace' Mutter anrufen.

Reva stand vom Bett auf und zog eine ihrer Reisetaschen aus ihrem begehbaren Kleiderschrank hervor. Darin befanden sich mehrere Ordner und das Studentenverzeichnis des Smith College. Sie holte das schmale Büchlein heraus und kehrte zu ihrem Bett zurück.

Miller ... Morgan ... Da war sie. Morton. Grace Morton. Und daneben stand die Telefonnummer.

Reva hob vorsichtig den Hörer ab. Das Freizeichen ertönte. Grace hatte ihr verrücktes einseitiges Gespräch anscheinend beendet.

Hastig tippte Reva die Nummer ein, dann setzte sie sich aufs Bett und lauschte.

Beim zweiten Läuten hob eine Frau ab.

„Mrs Morton?", fragte Reva.

„Ja?"

„Hier spricht Reva Dalby, Grace' Zimmergenossin aus dem College."

„Ach ja!", sagte Mrs Morton. „Ich bin froh, dass Sie anrufen. Ich habe schon lange nichts mehr von Grace gehört und mich gefragt, wie es ihr wohl geht."

„Sie haben nicht erst vor Kurzem miteinander gesprochen?", hakte Reva nach. Also hatte Grace gelogen, als sie behauptet hatte, sie hätte mit ihrer Mutter telefoniert.

War vielleicht doch alles nur eine einzige große Lüge?

Mrs Morton gab ein unsicheres Lachen von sich. „Wahrscheinlich hat sie im Moment einfach viel um die Ohren. Haben Sie denn Spaß zusammen?"

„Nein, nicht wirklich", sagte Reva geradeheraus. „Um ganz ehrlich zu sein, mache ich mir Sorgen um Grace."

„Sorgen?" Mrs Mortons Stimme nahm einen schrillen Klang an. „Wieso? Ist sie krank?"

„Nein." Zumindest nicht körperlich, dachte Reva. „Ich wollte Sie nur etwas wegen Grace' Exfreund fragen. Rory ist hier. Zumindest glaube ich, dass er sich in Shadyside aufhält, und er ..."

„Was?", unterbrach Mrs Morton sie. „Was haben Sie da gerade über Rory gesagt?"

„Er ist hier in Shadyside", wiederholte Reva. „Er belästigt Grace ständig mit Anrufen und droht ihr. Einmal stand er sogar nachts vor unserem Haus."

Schweigen.

„Mrs Morton?", fragte Reva.

Ein leises Stöhnen drang durch die Leitung. „Oh nein. Nicht schon wieder!", rief Grace' Mutter.

„Was meinen Sie damit?", wollte Reva wissen. „Was ist los?"

Schaudernd sog Mrs Morton die Luft ein. „Hören Sie zu, Reva – hören Sie gut zu. Rory hat Grace nicht angerufen. Ganz bestimmt nicht. Haben Sie mich verstanden?"

„Ja!", antwortete Reva und umklammerte ängstlich den Hörer. Sie hatte so etwas bereits geahnt, doch dass Grace' Mutter ihren Verdacht nun bestätigte, war wenig beruhigend. „Mrs Morten, sagen Sie mir bitte, was da los ist."

„Rory ist tot", erklärte Grace' Mutter mit zittriger Stimme. „Er kam vor zwei Jahren ums Leben. Bei einem schrecklichen Unfall." Sie unterdrückte ein Schluchzen. „Grace ... Grace hat ihn getötet!"

Reva spürte, wie ihr das Blut aus dem Gesicht wich. „Aber ... aber Sie haben doch gerade gesagt, dass es ein Unfall war!", rief sie.

„War es auch – aber Grace hat ihn auf dem Gewissen. Rufen Sie schnell einen Arzt, Reva!", sagte Mrs Morton eindringlich. „Meine arme Tochter. Ich hatte gedacht, sie wäre endlich darüber hinweg."

Tja, falsch gedacht!, hätte Reva am liebsten in den Hörer gebrüllt. Das war ja noch viel schlimmer, als sie vermutet hatte. Weitaus schlimmer. Wenn sie es recht überlegte, hatte sie eine *Mörderin* über die Weihnachtsferien zu sich eingeladen!

„Holen Sie einen Arzt", wiederholte Mrs Morton. „Und ... Reva?"

„Ja?" Revas Gedanken überschlugen sich, als sie krampfhaft nachdachte, ob sie den Namen eines Psychiaters kannte.

„Und holen Sie am besten auch gleich die Polizei!"

Ihre Worte trafen Reva wie ein Schlag in die Magengrube.

„Aber passen Sie auf, dass die Polizisten behutsam mit ihr umgehen", bat Mrs Morton. „Grace ist krank. Sie weiß nicht, was sie tut. Ich werde ihren alten Psychiater anrufen – vielleicht kann ich ihn ja dazu überreden, dass er mit mir nach Shadyside kommt."

„Okay", sagte Reva, um das Gespräch zu beenden, denn sie wollte so schnell wie möglich Hilfe holen. „Ich kümmere mich um alles."

Ohne sich zu verabschieden, legte Reva auf.

Dabei nahm sie aus dem Augenwinkel verschwommen eine Bewegung wahr. Sie blickte auf.

Und erstarrte.

Grace stand in der Tür, die braunen Augen zu Schlitzen verengt, das Gesicht vor Zorn verzerrt.

24

„Grace!", flüsterte Reva. „Hast du mich vielleicht erschreckt!"

Sie versuchte, ihre Furcht durch ein Lachen zu verbergen. „Ich habe dich gar nicht kommen hören."

Reva hatte nur einen einzigen Gedanken: Sie musste Grace so schnell wie möglich loswerden. Sie musste sie aus dem Zimmer bugsieren, um die Polizei zu rufen.

„Ich wollte mich gerade in die Badewanne legen, Grace", sagte sie. „Aber wenn ich fertig bin, dann könnten wir doch ..."

„Nein!" Grace trat ins Zimmer und schlug die Tür hinter sich zu.

Reva zuckte zusammen.

„Dafür ist jetzt keine Zeit. Überhaupt keine Zeit!", erklärte Grace hektisch. „Rory ist auf dem Weg hierher. Und er will uns beide umbringen!"

„Aber ..."

„Bist du taub?", schrie Grace. „Rory hat wieder angerufen. Er ist schon unterwegs hierher ... und er meint es verdammt ernst. Und *du* willst ein heißes Bad nehmen?"

Reva atmete auf. Grace hatte ihr Telefonat nicht mit angehört. Nun gut, dann würde sie eben mitspielen, um sie bei Laune zu halten. „Er kommt hier nicht rein, Grace", sagte sie und bemühte sich, das Zittern in ihrer Stimme zu unterdrücken. „Du weißt doch, dass das Wachpersonal und die Hunde uns beschützen."

„Du irrst dich!", widersprach Grace. Sie kam näher auf Reva zu.

Immer näher.

Reva schlug das Herz bis zum Hals. Ihr Mund fühlte sich trocken an.

Grace machte noch einen Schritt. „Nichts und niemand wird Rory aufhalten, Reva. Er wird die Wachleute umbringen. Und die Hunde auch."

„Nein, ganz bestimmt nicht", rief Reva. „Vertrau mir, Grace. An ihnen kommt er nicht vorbei!"

Grace raufte sich die Haare und biss die Zähne zusammen. „Du hast keine Ahnung, wozu er fähig ist, Reva", schrie sie und ging noch näher zum Bett. „Nicht den leisesten Schimmer!"

„Doch! Ich weiß nämlich, dass er tot ist!" Ohne nachzudenken, platzte Reva damit heraus.

Grace erstarrte.

„Ich habe gerade mit deiner Mutter telefoniert", erklärte Reva. „Und sie hat mir alles über Rory erzählt. Über den ... Unfall. Deshalb kann er uns nichts mehr anhaben – weil er nämlich tot ist."

Grace runzelte verwirrt die Stirn und schüttelte den Kopf.

„Du bist hier in Sicherheit", sprach Reva beruhigend auf sie ein. „Wirklich. Deine Mutter ruft deinen Arzt an, und er kommt dann her und erklärt dir alles. Du musst keine Angst haben."

„Ich muss keine Angst haben. Keine Angst", wiederholte Grace.

„Ganz genau." Reva nickte bekräftigend. Sie hoffte, dass Grace sich umdrehen und in ihr Zimmer zurückgehen würde. „Komm, geh schon!", drängte sie im Stillen.

„Ich muss keine Angst haben", sang Grace vor sich hin. Dann machte sie noch einen Schritt weiter auf Reva zu, ein merkwürdiges Glitzern in den Augen. „Aber *du* schon, Reva!", schrie sie auf einmal. „Du schon!"

„Nein ..."

„Mit mir ist Rory fertig", kreischte Grace. „Aber er kommt trotzdem her. Ich weiß es genau. Und zwar, um *dich* zu töten, Reva!"

Genug der Spielchen, beschloss Reva. Sie hatte die Nase voll davon. Es war an der Zeit, die Polizei zu rufen. Sie nahm den Telefonhörer. „Ich werde jetzt Hilfe holen, Grace", sagt sie.

„Nein!" Grace machte einen Satz nach vorn, um sich das Telefon zu schnappen.

Doch Reva hielt es fest und sprang auf.

Mit einem Aufschrei packte Grace die Telefonschnur und riss sie aus der Wand.

„Nein, niemand wird dir helfen!", brüllte sie. „Rory macht dich kalt. Jetzt gleich – genauso wie Traci und Liza!"

Revas Herz setzte kurz aus.

Traci und Liza? *Grace* hatte Traci und Liza auf dem Gewissen?

Und jetzt war *sie* an der Reihe!

Langsam wich Reva zurück. Sie drückte sich am Bett entlang. Wenn es ihr gelänge, an Grace vorbeizukommen, könnte sie die rettende Zimmertür erreichen.

Oder hatte Grace sie eingeschlossen? Sie war sich nicht sicher, doch sie musste es wenigstens versuchen.

Wieder machte Reva unauffällig einen Schritt.

Grace schien es nicht zu bemerken. Sie hielt den Kopf gesenkt und suchte irgendetwas in ihrer Jeanstasche.

Reva schob sich näher zur Tür.

Grace' Kopf schnellte nach oben. Sie zog die Hand aus der Tasche. Was hatte sie da?

Reva erstarrte vor Schreck.

Grace hielt ein langes grünes Tuch in den Händen.

„Rory wird dich töten, Reva." Sie wickelte sich die Tuchenden ein paarmal um die Hände und zog das Tuch dann mit einer schnellen Bewegung straff. „Er macht dich kalt."

Reva rannte zur Tür.

Doch Grace schnitt ihr mit einem großen Satz den Weg ab.

Mit einem Aufschrei wirbelte Reva herum und lief Richtung Badezimmer. Sie war nur noch zwei Schritte von der Tür entfernt, als sie auf einmal das weiche, seidige Tuch um ihren Hals fühlte.

„Nein!", keuchte sie. Sie griff danach und versuchte, ihre Finger unter das Tuch zu schieben.

Zu spät.

Mit angestrengtem Ächzen zog Grace zu. Immer enger und enger.

Reva würgte. Sie versuchte einzuatmen, doch sie bekam nicht genug Luft. Nicht einmal annähernd.

Das Tuch wurde noch fester zugezurrt.

Reva packte Grace' Handgelenke und zerrte daran.

Doch Grace gab keinen Millimeter nach. Sie hielt das Tuch fest gepackt und zog es enger zu.

Der seidige Stoff fühlte sich an wie ein Draht, der Reva in den Hals schnitt. Tiefer und tiefer.

Enger und enger.

25

Reva wollte schreien, doch alles, was sie herausbrachte, war ein heiseres Krächzen. Für einen weiteren Versuch fehlte ihr die Luft.

Noch immer hielt sie Grace' Handgelenke fest umklammert und zog wie verrückt daran, um sie zu lösen. Tief grub sie Grace die Fingernägel ins Fleisch. Sie zerkratzte ihr die Haut, als sie versuchte, den Griff von Grace' Händen zu lockern.

Doch vergeblich.

Reva begann zu röcheln.

Sie spürte einen merkwürdigen Druck auf den Augen. Schwarze Punkte tanzten davor, und in den Ohren rauschte laut das Blut.

„Sie wird mich töten", dachte Reva merkwürdig klar. „Es wird mir wie Liza und Traci ergehen!"

In einem letzten verzweifelten Aufbäumen schlug sie mit dem Fuß nach hinten aus und rammte Grace die Ferse gegen das Schienbein.

Grace stöhnte vor Schmerz laut auf, lockerte jedoch nicht ihren Griff.

Wieder trat Reva nach hinten, verfehlte diesmal aber ihr Ziel. Sie warf sich wild hin und her, wand und drehte sich, stolperte nach vorne und wieder zurück.

Grace machte jede Bewegung mit und hielt das Tuch mit eisernem Griff fest.

Zog es enger.

Würgte Reva.

Als sie so zusammen durch das Zimmer taumelten,

hörte Reva plötzlich wie durch Watte, dass die Tür aufflog. Dann folgte ein hoher, schriller Schrei.

Aus dem Augenwinkel nahm sie verschwommen eine Gestalt im Türrahmen wahr.

Michael!

Ihr Bruder hob einen Arm über den Kopf und stieß wieder einen Kampfschrei aus. „Der grausame Rächer ist da!", brüllte er. Dann lachte er, und seine blauen Augen blitzten vor Aufregung.

Oh nein, durchfuhr es Reva. Er hielt das alles für ein Spiel!

Verstand er denn nicht? Merkte er nicht, dass sie stranguliert wurde?

„Das ist kein Spiel, Michael", wollte sie ihm zurufen. „Schnell, verschwinde. Hol Hilfe!"

Doch sie bekam keinen Ton heraus. Sie fühlte sich so schwach ... irgendwie so weit weg.

Michael stieß abermals einen spitzen Schrei aus und raste ins Zimmer, die Hand hoch erhoben. Reva sah Metall aufblitzen.

Das Spielzeugmesser.

„Das nützt nichts", dachte sie verzweifelt. „Grace wird es nicht einmal merken!"

Michael stieß Grace das Messer in die Seite. „Der grausame Rächer schlägt wieder zu!" Er kicherte wild, dann rammte er Grace das Spielzeugmesser in die Schulter.

Ohne das Tuch loszulassen, versuchte Grace, Michael mit dem Ellbogen wegzuschubsen.

Diese kurze Bewegung gab Reva die Chance, auf die sie gewartet hatte. Mit beiden Händen packte sie Grace' Arm und drückte ihn mit letzter Kraft weg.

Der Griff lockerte sich.

Reva ließ sich zur Seite fallen und brachte Grace damit

aus dem Gleichgewicht. Hustend und keuchend befreite sie sich aus Grace' Umklammerung, wirbelte herum und stieß sie von sich weg.

Grace stolperte zurück und ruderte mit den Armen, um sich abzufangen. Doch zu spät.

Reva hörte ein hässliches Krachen, als Grace' Kopf gegen die Kante des Schreibtischs schlug.

Mit einem dumpfen Aufprall stürzte sie zu Boden, wo sie reglos liegen blieb.

Von ihrer Schläfe lief ein dünnes Rinnsal Blut herab.

Michael hörte schlagartig auf zu lachen. Sein Mund öffnete sich zu einem erschrockenen Aufschrei.

Revas Kehle pochte schmerzhaft und fühlte sich entsetzlich eng an. Das Tuch hing ihr noch immer um den Hals. Sie versuchte, es zu lösen, während sie unter Schmerzen hustete.

„Reva?" Michaels Stimme war kaum mehr als ein ängstliches Flüstern.

Am Boden gab Grace ein leises Stöhnen von sich.

„Michael", krächzte Reva, der es endlich gelungen war, das Tuch loszuwerden. „Hol den Sicherheitsdienst!"

„In Ordnung", antwortete Michael. Grace stöhnte erneut. Michael beäugte sie argwöhnisch. „Ist sie schwer verletzt?"

Reva versuchte, sich zu räuspern. „Mach dir keine Sorgen um sie. Such den Wachmann, und sag ihm, er soll sofort herkommen. Mach schon, Michael!"

Michael steckte das Messer in seine Hosentasche und rannte aus dem Zimmer.

Reva rieb sich den Hals und schluckte mehrere Male. „Sie wollte mich tatsächlich umbringen", schoss es ihr durch den Kopf, als sie auf Grace hinunterblickte. „Und um ein Haar wäre es ihr auch gelungen."

Grace ächzte. Ihre Lider flatterten, dann schlug sie die Augen auf, drehte sich zur Seite und setzte sich langsam auf.

Reva spürte, wie sich jede Faser ihres Körpers anspannte. Würde Grace noch einmal auf sie losgehen?

Doch Grace machte keine Anstalten aufzustehen. Sie saß erschöpft und benommen auf dem dicken Teppichboden. Als sie sich mit schweren Lidern im Zimmer umschaute, fiel ihr Blick auf Reva.

Reva starrte zurück. „Warum?", flüsterte sie heiser. „Warum hast du Traci getötet? Und Liza?"

„Um es dir zu zeigen." Grace rieb sich die Schläfen, dann sah sie verwundert auf das Blut an ihren Fingern. „Um dir zu zeigen, dass du nicht alles haben kannst, was du willst. Du meinst, du kannst dir einfach alles nehmen. Dass die ganze Welt dir gehört."

Reva schüttelte den Kopf.

„Oh doch, genau das denkst du", erklärte Grace, und ihre Stimme klang bitter. „Du meinst, dass dir alles und alle gehören. Deshalb wollte ich dich umbringen." Sie wischte sich ihre blutigen Finger am Teppich ab. „Aber zuerst wollte ich dir noch so richtig Angst einjagen. Um dich leiden zu sehen. Um dir zu zeigen, was echtes Leid und echte Angst bedeuten!"

„Aber, Grace ..."

„Halt den Mund, Reva", fauchte Grace. „Du behandelst alle anderen wie den letzten Dreck. Alle! Mich. Das Hausmädchen. Deine Cousine. Aber vor allem Jungs. Die trifft es am schlimmsten."

Reva konnte es nicht fassen. Was redete Grace da für einen Unsinn?

„Ich hatte früher einen wundervollen Freund", fuhr Grace fort, und auf einmal klang ihre Stimme weich und verträumt, und ihre Lippen verzogen sich zu einem schiefen Lächeln. „Rory hieß er."

Ja, und dann hast du ihn kaltgemacht, dachte Reva.

„Er war einfach das Beste, was mir im Leben passiert ist, Reva. Ich war unsterblich in ihn verliebt." Grace blickte versonnen auf den blutverschmierten Teppich. Dann kniff sie die Augen zusammen. „Aber auf einer Autofahrt haben wir uns schrecklich in die Haare bekommen. Wir haben uns angebrüllt. Ich griff ihm ins Lenkrad und … und …" Sie verstummte und begann lautlos zu weinen.

Ihre Mutter hatte gesagt, es wäre ein Unfall gewesen, durchfuhr es Reva. Ein schrecklicher Unfall.

Und die Schuldgefühle hatten Grace in den Wahnsinn getrieben.

Grace warf den Kopf zurück und sah Reva fest in die Augen. Tränen liefen ihr übers Gesicht. „Ich wollte, dass du verstehst, wie es sich anfühlt, etwas, das einem viel bedeutet, zu verlieren!", schluchzte sie.

„Aber … aber wie bist du ausgerechnet auf Traci und Liza gekommen?", fragte Reva. „Ich kannte die beiden doch kaum. Und Traci konnte ich nicht mal leiden. Wie bist du darauf gekommen, dass ihr Tod mir nahegehen würde?"

„Wegen der Modenschau!" Grace wischte sich die Tränen weg und lächelte wieder ihr merkwürdiges Lächeln. „Das war das Einzige, was dir wirklich wichtig war. Du wolltest den Erfolg so sehr, dass du die Entwürfe deiner eigenen Cousine für dich beansprucht hast. Also habe ich beschlossen, es dir kaputt zu machen. Dir die Models wegzunehmen. Eines nach dem anderen."

Reva verspürte einen schmerzhaften Stich. Grace hatte recht, wurde ihr plötzlich klar. Die Modenschau hatte ihr mehr bedeutet als alles andere auf der Welt.

„Du hattest wirklich ganz schön Angst, Reva, stimmt's?",

fragte Grace in fast schon flehendem Ton. „Es ging dir ziemlich dreckig!"

Reva dachte an all die Arbeit, die sie in die Modenschau gesteckt hatte. Und dann hatte sie wieder das Bild der zwei ermordeten Models vor Augen. Menschen, die in wilder Panik aus dem Vorführungssaal rannten. Die Modenschau – *ihre* Modenschau – war in einer einzigen Katastrophe geendet, noch bevor sie richtig begonnen hatte.

Sie hatte wirklich Angst gehabt, vor allem nach Lizas Ermordung, und gedacht, sie wäre als Nächste an der Reihe.

Und es hatte auch nicht viel gefehlt, dachte sie und starrte ihre Zimmergenossin an.

„Dich habe ich mir für zuletzt aufgehoben", sagte Grace. „Ich wollte, dass du erst noch dabei zusehen musst, wie alles den Bach runtergeht. Und dann solltest auch du sterben." Grace' Augen füllten sich wieder mit Tränen, und sie ließ den Kopf hängen. „Aber ich habe es vermasselt. Rory muss es für mich zu Ende bringen."

Oh nein, jetzt fing sie wieder mit Rory an. Reva sah auf Grace hinab, die von einem Weinkrampf geschüttelt wurde, und verspürte tatsächlich so etwas wie Mitleid mit ihr. Die Sache mit Rory hatte ihr Leben für immer zerstört.

„Rory wird dich umbringen." Immer noch schluchzend hob Grace den Kopf und sah zur Tür. „Rory! Ich wusste, dass du kommen würdest. Töte sie! Töte Reva!"

Reva schüttelte den Kopf. Alles nur Einbildung, dachte sie. Rory war tot.

Sie nahm verschwommen eine Bewegung wahr. Jemand stand in der Tür.

„Mach sie kalt, Rory!", schrie Grace.

Reva fuhr entsetzt herum.

26

„Töte sie!", kreischte Grace und deutete auf Reva. „Mach schon, Rory, worauf wartest du noch?"

Doch dort im Türrahmen stand nicht Rory, sondern der Wachmann. Die Verwirrung stand ihm ins Gesicht geschrieben. Hinter ihm wartete Michael auf dem Flur und lugte mit großen Augen in Revas Zimmer.

„Töte Reva!", schrie Grace wieder. „Bitte, Rory! Tu es für mich!" Sie stolperte einen Schritt auf den Mann vom Sicherheitsdienst zu.

Seine Augen verengten sich, er legte die Hand an seine Pistole.

„Nein!", schrie Reva. „Sie weiß nicht, was sie sagt!"

„Doch! Ich will, dass du sie endlich umbringst. Jetzt auf der Stelle, Rory!" Grace schlug sich die Hände vors Gesicht. „Warum hilfst du mir nicht?", schluchzte sie.

Die Hand noch immer an der Waffe, warf der Wachmann Reva einen Blick zu.

Diese holte zitternd Luft. „Bitte bringen Sie sie aufs Polizeirevier", sagte sie zu dem Mann. „Sie hat zwei Morde begangen. Aber gehen Sie möglichst behutsam mit ihr um. Sie ist krank. Sie braucht Hilfe. Ich werde jetzt ihre Mutter benachrichtigen."

Der Mann vom Sicherheitsdienst nickte und nahm Grace am Arm. Sie sah zu ihm auf. „Du bist doch auf meiner Seite, oder, Rory?"

„Sicher. Komm erst mal mit." Sachte schob der Wachmann sie vor sich her aus dem Zimmer.

„Wahnsinn!", sagte Michael. „Die ist total verrückt!"

„Das kannst du laut sagen", stimmte Reva zu. „Aber jetzt ist es vorbei, Michael. Und ... Michael?"

„Ja?"

„Danke, dass du vorhin im richtigen Moment aufgekreuzt bist. Du hast mir das Leben gerettet."

„Im Ernst?" Michael strahlte. Er zog das Spielzeugmesser aus der Hosentasche. „Der grausame Rächer ist immer zur Stelle, wenn seine Hilfe benötigt wird!", rief er und rannte hinaus auf den Flur.

Reva lächelte. Endlich hatte der Albtraum ein Ende. Sie war außer Gefahr, und um Grace würden sich die Polizei und die Ärzte kümmern.

Langsam ließ sie sich aufs Bett sinken, schlug noch einmal Grace' Nummer im Adressverzeichnis nach, rief Mrs Morton an und erzählte ihr, was geschehen war.

„Oh Gott, die armen ermordeten Mädchen!", sagte Mrs Morton mit brüchiger Stimme. „Ich bin so froh, dass es Ihnen gut geht, Reva. Ich mache mich gerade auf den Weg nach Shadyside – und Grace' Arzt kommt morgen nach. Vielleicht wird meine arme Grace ja eines Tages wirklich wieder ganz geheilt sein."

„Darauf würde ich nicht wetten", dachte Reva.

Sie verabschiedete sich und legte auf. Plötzlich war sie schrecklich müde. Sie wollte sich schon hinlegen, als ihr ihr Vater einfiel. Sie musste ihm alles erzählen. Schnell tippte sie seine Büronummer bei *Dalby's* ein.

Gleich nach dem ersten Läuten hob er ab.

„Daddy? Ich ... ich muss dir erzählen, was hier passiert ist", sagte sie. Und dann berichtete sie ihm die ganze furchtbare Geschichte mit Grace.

„Und dir geht es wirklich gut?", fragte Mr Dalby besorgt, als sie geendet hatte.

„Ja, alles in Ordnung", versicherte sie ihm. „Mein Hals

fühlt sich zwar wund an, und ich bin ziemlich fertig, aber das ist auch alles. Allerdings geht mir die Sache mit Traci und Liza schon sehr nah. Sogar Grace tut mir leid. Sie kann ja auch nichts dafür. Sie ist krank. Aber nun ist es vorbei, Daddy, und darüber bin ich ungeheuer erleichtert."

„Ja, zum Glück", murmelte er.

„Und jetzt kann ich mich auch endlich wieder um die Modenschau kümmern", sagte Reva.

„Was?", rief Mr Dalby. „Nach allem, was geschehen ist, dachte ich, das wäre das Letzte, wonach dir der Sinn steht."

„Ganz und gar nicht", erwiderte Reva. „Bei einer Sache lag Grace nämlich ganz richtig: Die Schau ist mir wirklich wichtig. Und jetzt noch viel mehr."

„Aber …"

„Bitte, Daddy, nimm mir das nicht weg", bat sie. „Das ist der beste Weg, um das Grauen der letzten Tage zu vergessen. Außerdem ist alles bereit – die Musik, das Set, die Tücher. Wir könnten heute Abend noch starten."

„Heute? Und was ist mit den Models?", fragte ihr Vater. „Die Schau ist doch auf drei ausgelegt, oder?"

Reva überlegte kurz. „Könntest du nicht als Ersatz für Liza noch ein Model bei der Agentur für mich aussuchen? Es wäre toll, wenn du mir das abnimmst." Die Haarfarbe war ihr egal, solange das Model nicht über die eigenen Füße stolperte. „Daddy?"

„Hm …" Mr Dalby zögerte, doch nur kurz. „Wahrscheinlich hast du recht, mein Schatz. Die Modenschau wird dich ein wenig von den schrecklichen Vorfällen ablenken."

„Und fürs Geschäft ist sie auch gut", erinnerte Reva ihn.

Mr Dalby schnaubte. „Na gut. Ich werde ein Model für

dich aussuchen. Aber heute Abend wird nichts daraus. Wir haben nicht mehr genug Zeit, um die Schau richtig anzukündigen. Wie wäre es stattdesssen morgen mit neunzehn Uhr? *Dalby's* hat sowieso bis zweiundzwanzig Uhr geöffnet."

„Wunderbar! Danke, Daddy!", rief Reva. „Bis später dann."

Sie legte auf, suchte eilig Ellies Telefonnummer heraus und tippte sie ein. Als Ellie abhob, erklärte Reva ihr schnell die Situation. „Die Schau findet morgen Abend um sieben statt. Ich werde eine Stunde vorher da sein. Aber könntest du noch etwas früher kommen und nach dem Rechten sehen?"

„Klar", antwortete Ellie. „Kein Problem. Ich sage auch Marla Bescheid."

„Super. Wir treffen uns dann um achtzehn Uhr im Vorführungssaal." Reva legte auf und trommelte mit den Fingern auf den Nachttisch. Was jetzt?

Pam, dachte sie und hob wieder ab. „Pam!", rief sie, als ihre Cousine sich meldete. „Du glaubst nicht, was geschehen ist!" Noch einmal erzählte sie von Grace und den Morden, die sie begangen hatte. „Das ist ja fürchterlich", rief Pam. „Es ist so ungerecht, dass Traci und Liza sterben mussten. Und trotzdem habe ich sogar ein bisschen Mitleid mit Grace. Die Arme."

„Und was ist mit *mir*?", brachte Reva sich in Erinnerung. „Um ein Haar wäre ich erdrosselt worden. Aber es ist ja noch mal gut gegangen. Wir müssen nach vorn schauen. Ich habe großartige Neuigkeiten – Daddy hat erlaubt, dass ich mit den Modenschauen weitermache."

„Echt?", rief Pam. „Nach allem, was passiert ist?"

„Es ist ein gutes Geschäft." Reva verdrehte die Augen. Von so etwas hatte Pam natürlich keine Ahnung. Sie konnte sich glücklich schätzen, dass Reva die Organisation der Modenschau übernommen hatte. „Die Leute kaufen trotz allem ein", erklärte sie. „Schließlich steht Weihnachten vor der Tür."

„Ja. Wahrscheinlich hast du recht."

„Natürlich habe ich recht", meinte Reva. „Die Modenschau steigt morgen Abend um sieben. Du und Willow, ihr solltet gleich zum Kaufhaus fahren und euch wieder an die Arbeit setzen. Wir sehen uns dann morgen."

Als Reva aufgelegt hatte, ließ sie sich im Badezimmer eine schöne heiße Wanne ein.

„Der Albtraum ist endlich vorbei", dachte sie. „Und ich bin wieder da, wo ich hingehöre.

Ganz oben."

Pam warf einen Blick auf ihre Uhr. Achtzehn Uhr. Seufzend beugte sie sich über das lange grüne Tuch, an dem sie gerade arbeitete.

Sie und Willow hatten den ganzen Tag bei *Dalby's* verbracht und viele Tücher fertiggestellt. Normalerweise machte Pam die Arbeit Spaß – sogar in der kleinen, fensterlosen Kammer, die Reva ihnen zugewiesen hatte. Sie spürte gern den weichen, seidigen Stoff in den Händen und freute sich über jeden neuen Entwurf, den sie umsetzten.

Warum war sie heute so lustlos?

Ihr gegenüber warf Willow zornig ein kirschrotes Tuch auf den Tisch und verzog das Gesicht. „Jetzt nähe ich den Saum schon zum dritten Mal um, und es sieht wieder nicht sauber aus. Meine Finger wollen heute nicht so richtig. Ich habe auch überhaupt keine Lust."

„Geht mir genauso", erwiderte Pam. „Ich muss die ganze Zeit an Traci und Liza denken. Eine seltsame Vorstellung, dass Grace sie mit *unseren* Tüchern erwürgt hat. Mir ist natürlich klar, dass wir nichts dafür können, aber es ist alles so ... so krank. Wie kann man jetzt nur an eine Modenschau denken?"

Willow fingerte an ihrem Piercing herum. „Stimmt. Zwei Menschen sind tot. Das ist einfach unfassbar."

Pam nickte. „Andererseits sollten wir froh sein, dass die Schau stattfindet. Sie wird den Verkauf unserer Tücher richtig ankurbeln, meint Reva."

„Na klar, das ist das Einzige, was für sie zählt", entgegnete Willow mit einem verächtlichen Schnauben. Dann zuckte sie die Schultern. „Wahrscheinlich sollte ich mich nicht beschweren. Einer muss ja ans Geschäft denken. Und vielleicht verdienen wir damit wenigstens eine Stange Geld."

„Stimmt." Pam inspizierte das grüne Tuch. „Wo wir gerade von Reva sprechen – ich werde mal kurz bei ihr vorbeischauen und fragen, ob sie dieses Tuch hier für die Modenschau verwenden will. Sie sollte inzwischen schon da sein."

Pam nahm das Tuch und machte sich auf den Weg zum Vorführungssaal.

Der Raum war voller Schatten. Eine schwache Glühbirne irgendwo hinter der Drehtür war die einzige Lichtquelle.

Pam betrat den Saal und blieb kurz stehen, damit sich ihre Augen an die Dunkelheit gewöhnen konnten. Dann versuchte sie, einen Lichtschalter zu finden.

Doch was war das für ein Geräusch?

Es klang, als würde jemand laut atmen. Aber nicht wie ein normales Luftholen, sondern eher wie ein Röcheln.

War da jemand?

Pam lief vorsichtig zwischen den Stuhlreihen hindurch zur Bühne. Sie starrte in die Finsternis.

Da war es wieder. Ein heiseres Keuchen.

Pam machte noch ein paar Schritte, dann hielt sie auf einmal inne.

Reva!

Ihre Cousine lag auf dem Bauch vor der Drehtür! Ihr rotes Haar schimmerte sanft im schwachen Schein der Glühbirne.

Neben ihr kniete jemand und beugte sich über sie. Ein junger Mann. Pam hörte Reva wieder röcheln – ein erstickter Laut, der ihr einen Schauer über den Rücken jagte.

Der Junge war noch immer über Reva gebeugt.

Woran zerrte er da herum?

Pam huschte auf leisen Sohlen zur Bühne und erkannte, dass etwas Rotes um Revas Hals lag.

Und der Typ hielt auch etwas davon in den Händen.

Ein Tuch!

Ein rotes Tuch!

„Er bringt sie um!", wurde Pam schlagartig bewusst. „Er zieht immer fester und fester zu!

Er erwürgt sie!"

Mit einem Aufschrei sprang sie auf die Bühne und stieß den Jungen weg, der mit einem dumpfen Schlag zu Boden stürzte. Doch Pam hatte nur Augen für Reva. Entsetzt beugte sie sich über ihre Cousine.

Reva lag reglos da.

Das grässliche Röcheln war verstummt.

„Sie ist tot! Du hast sie umgebracht!", schrie Pam und sank neben Reva auf die Knie. „Du hast Reva ermordet!"

27

„Sie ist tot. Tot!", kreischte Pam.

Tränen schossen ihr in die Augen, sodass sie alles nur noch wie durch einen Schleier wahrnahm. Schluchzend streckte sie die Hand nach Revas Schulter aus.

Doch der Junge stieß ihre Hand mit einem wütenden Aufschrei weg und zerrte sie auf die Füße. Grob schubste er sie zur Seite.

„Warum?", schrie Pam und taumelte zurück. „Warum hast du das getan?"

„Du hättest nicht herkommen sollen", brüllte er, ohne auf ihre Frage einzugehen. „Ich kann keine Zeugen brauchen." In seinen Augen flackerte unkontrollierter Zorn. „Jetzt musst du auch sterben!"

Pam wich zurück. Ihr Herz hämmerte laut und schmerzhaft. Instinktiv wickelte sie sich das grüne Tuch um ihre schweißnassen Hände. „Warum hast du Reva ermordet?", wiederholte sie mit einer Stimme, die kaum mehr als ein Flüstern war.

„Weil ..." Der Junge ballte die Fäuste und starrte wutentbrannt auf Revas leblosen Körper. „Weil sie ..."

Pam bemerkte, wie sich sein Gesichtsausdruck auf einmal veränderte und die Wut grenzenlosem Entsetzen wich.

Sie fragte sich, was hier vorging.

„Oh neiiiiiin!" Ein lang gezogenes Wimmern entrang sich seiner Kehle, und der Junge sank neben der Leiche auf die Knie. Er fasste sie an der Schulter und drehte sie auf den Rücken.

Als er ihr das rote Haar aus dem Gesicht strich, stöhnte Pam auf.

Es war gar nicht Reva! Es war Ellie!

Pam starrte auf den leblosen Körper des Models, das Reva so zum Verwechseln ähnlich sah.

„Oh Gott! Was habe ich getan? Was habe ich nur getan?", flüsterte der Junge mit tonloser Stimme. „Ich habe die Falsche erwischt!"

Reva war spät dran und eilte den Gang entlang zum Seiteneingang des Vorführungsraums. Sie wollte noch einmal nach dem Rechten sehen und überprüfen, ob Ellie alles gut vorbereitet hatte.

Als sie eintrat, blieb sie erstaunt stehen. Warum war der Saal so düster? War Ellie entgegen ihrer Abmachung doch nicht früher gekommen, um alles vorzubereiten?

Skeptisch tastete Reva an der Wand nach dem Lichtschalter für die Bühnenbeleuchtung. Als ihre Finger ihn berührten, hörte sie von der Bühne ein Geräusch.

Ein schreckliches Stöhnen.

Reva erstarrte.

Da war das Stöhnen wieder – voller Zorn und Panik. „Die Falsche!", krächzte eine Stimme. „Ich habe die Falsche erwischt!"

Langsam ließ Reva die Hand sinken. Leise schob sie sich weiter die Wand entlang.

Als sie einen Blick auf die schwach beleuchtete Bühne erhaschen konnte, hielt sie entsetzt inne.

Dort oben, vor der Drehtür, lag Ellie auf dem Rücken, um den Hals ein langes kirschrotes Tuch ...

Nicht weit von ihr entfernt stand Pam. Nervös wickelte sie sich ein grünes Tuch um die Hände und starrte einen Jungen an, der neben Ellie kniete.

Grant Nichols.

Reva sah, wie Grant sich mit der Hand durch die Locken fuhr. „Es hätte nicht sie treffen sollen", murmelte er. „Wie konnte ich nur so einen Fehler machen?"

„Was meinst du damit?", flüsterte Pam. „Du hast Ellie getötet, aber eigentlich wolltest du Reva umbringen?"

Reva lief es eiskalt über den Rücken. Dort oben könnte jetzt sie liegen, dachte sie, während sie den Blick nicht von Ellies leblosem Körper abwenden konnte. Aber warum?

Grant erschauderte und seufzte. „Ich ... ich habe mich so schuldig gefühlt ... wegen Liza."

„Was willst du damit sagen?", rief Pam. „Hast du auch Liza auf dem Gewissen? Aber ..."

„Nein, ich habe sie nicht ermordet. Reva war es!", fauchte Grant.

Was redete er da? Reva traute ihren Ohren nicht.

„Reva ist schuld", wiederholte Grant, und seine Stimme klang wütend und todtraurig zugleich. „Und wo war ich? Ich konnte Liza nicht retten, weil ich mich mit Reva getroffen habe. Heimlich. Hinter Lizas Rücken."

„Aber deswegen trägt Reva noch lange nicht die Schuld an Lizas Tod", widersprach Pam.

„Oh doch!", schrie Grant mit hasserfüllter Stimme. „Ich habe Liza wirklich geliebt – das wusste Reva genau. Aber sie wollte mir weismachen, dass sie ganz verrückt nach mir ist. Dass sie mich unbedingt braucht!"

Grant schüttelte den Kopf und raufte sich die Haare.

„Aber das war alles nur Show", stöhnte er. „Ich bedeute ihr nichts – im Gegensatz zu Liza. Aber ich war nicht für Liza da, als sie mich brauchte."

Reva schloss kurz die Augen und dachte über Grants Worte nach. Hatte er vielleicht recht?

„Niemand hat ihn dazu gezwungen, sich heimlich mit mir zu treffen. Das war seine eigene Entscheidung", dachte Reva. Und sie hatte ihn doch wirklich gebraucht, oder?

Reva runzelte die Stirn. Wenn sie ehrlich zu sich war, musste sie zugeben, dass das die Übertreibung des Jahrhunderts war. Sie wollte einfach jemanden haben, um sich die Zeit zu vertreiben. Wirklich geliebt hatte sie ihn nicht – zumindest nicht so, wie er Liza geliebt hatte.

„Nach Lizas Ermordung bin ich ... bin ich einfach ausgerastet ...", unterbrach Grants Stimme ihre Gedanken. „Ich war nur von einem einzigen Gedanken beseelt: es Reva heimzuzahlen. Also beschloss ich, dass sie sterben sollte – genau wie Liza."

Reva schluckte und betrachtete Ellies reglosen Körper.

„Und ich wusste auch sofort, wie – nämlich auf die gleiche schreckliche Art und Weise wie Liza und Traci. Dann würde man deren Mörder auch für Revas Mörder halten, und auf mich würde kein Verdacht fallen."

Pam schüttelte stumm den Kopf, in ihren Augen stand pures Grauen.

Grant blickte zu ihr auf. „Aber dann bist du reingeplatzt, und ..." Er wandte den Kopf, und sein Blick ruhte wieder auf Ellie. „Ich habe die Falsche ermordet."

Das fiel ihm ein bisschen spät auf, dachte Reva. Sie vergaß ihre Gewissensbisse. Stattdessen stieg ungeheure Wut in ihr auf. Ja, vielleicht war Grant ausgerastet, aber mit diesem Mord sollte er ganz bestimmt nicht ungestraft davonkommen.

Wild entschlossen sprang sie auf die Bühne und ging auf die Drehtür zu. Ihre Schuhe klackten bei jedem Schritt laut über die Holzbretter.

Pam keuchte auf.

Grant hob den Kopf. Als er Reva sah, verengten sich seine Augen. „Du!", stieß er heiser hervor.

„Ja, ich bin es. Und ich habe alles mitangehört, Grant", sagte Reva mit kalter Stimme. „Aber weißt du, was? Dein Plan hatte von Anfang an ein paar gravierende Schönheitsfehler. Die Polizei hat Tracis und Lizas Mörderin nämlich bereits gefasst."

„Nein!" Grant schüttelte den Kopf. „Du irrst dich, Reva. Sie haben die Mörderin nicht. Weder die von Liza noch die von Traci."

„Tut mir leid, Grant, aber es ist nun mal so", erklärte Reva. „Sie befindet sich bereits auf dem Polizeirevier. Und da kommst du jetzt auch hin, denn dich wird man für den Mord an Ellie zur Rechenschaft ziehen."

„Nein! *Du* bist die wahre Mörderin, Reva!"

Reva lächelte dünn. „Komm, Pam, wir müssen die Polizei rufen."

„Nein", brüllte Grant wieder. „Du bist die eigentliche Mörderin, Reva. Es ist ganz allein deine Schuld, dass die Mädchen alle tot sind."

„Schluss jetzt!", schrie Pam und drehte nervös das Tuch in ihren Händen. „Hör endlich damit auf, Grant!"

Doch Grant ignorierte sie. Er funkelte Reva an, und in seinen Augen brannte der Hass. „Alles deine Schuld", wiederholte er. „Und jetzt ... wirst du dafür büßen!"

Pam schrie.

Noch bevor Reva reagieren konnte, sprang Grant auf. „Du musst sterben!", schrie er und machte einen Satz auf sie zu. „Jetzt bist du dran, Reva!"

28

Pam schrie erneut.

Reva drehte sich um und wollte wegrennen.

Dabei knickte sie mit dem Fuß weg und geriet ins Stolpern.

„Du musst sterben!", schrie Grant.

Sie hörte sein heiseres Keuchen ganz nahe.

Dann fühlte sie seinen Atem im Nacken.

Spürte, wie seine Finger ihren Rücken berührten.

„Er kriegt mich!", durchzuckte es sie, als sie versuchte, sich abzufangen. „Er wird mich töten!"

Als Grant sie an der Schulter packte, schrie Reva.

Und dann schien Grant zu stolpern. Seine Hand glitt von ihr ab, und Reva hörte einen dumpfen Schlag.

„Schnell, Reva!", rief Pam. „Hilf mir!"

Reva schlug das Herz bis zum Hals, als sie sich umwandte.

Grant lag bäuchlings auf dem Boden. Unter seinem Bein schaute ein langes grünes Tuch hervor. Offenbar hatte Pam es um seine Knöchel geschlungen und ihn damit zu Fall gebracht.

Grant stützte sich auf und schüttelte verwirrt den Kopf. Er schien von dem harten Aufprall etwas benommen, doch dann zog er die Beine an und machte Anstalten aufzustehen.

Mit einem Aufschrei drückte Pam ihn wieder zu Boden. „Pack mit an, Reva!", rief sie noch einmal und bemühte sich, das Tuch festzuziehen, während Grant sich wehrte und wild um sich trat. „Wir müssen ihn an den

Beinen fesseln. Wenn du mir nicht hilfst, dann entkommt er uns!"

Wieder stützte Grant sich auf einen Arm und schlug mit dem anderen um sich. Seine Faust verpasste Pam nur knapp.

Reva löste sich aus ihrer Erstarrung und trat ihm mit dem Fuß den Arm weg, auf den er sich aufgestützt hatte. Hart schlug er auf dem Boden auf. Noch bevor er reagieren konnte, setzte ihm Reva ihren Fuß in den Nacken und drückte ihn mit aller Kraft nach unten.

„An deiner Stelle würde ich brav liegen bleiben, Grant", sagte sie und verstärkte den Druck ihres hochhackigen schwarzen Stiefels. „Denn sonst bekommst du mein ganzes Gewicht im Nacken zu spüren. Und glaub mir, ich meine es verdammt ernst."

Erbarmungslos drückte Reva ihn nieder.

Grant keuchte laut.

Schnell fesselte ihn Pam mit dem Tuch und zog es mit mehreren Knoten fest. Dann rannte sie zum Seiteneingang und rief nach dem Sicherheitsdienst des Kaufhauses.

Als sie wieder zu Reva zurückeilte, hielt sie plötzlich inne. „Reva, schau mal! Ellie hat sich bewegt!"

Schnell blickte Reva zu Ellie. Das rothaarige Model hatte den Kopf leicht angehoben und fasste sich an den Hals. Sie stieß ein leises Stöhnen aus.

Pam kniete sich neben sie. „Ich glaube es nicht!", rief sie und löste vorsichtig das Tuch, das Ellie um den Hals hatte. „Ich hatte gedacht, du wärst tot, Ellie!"

„Wenn du nicht gekommen wärst, wäre sie wahrscheinlich wirklich tot", sagte Reva. „Du hast ihr das Leben gerettet." Sie zögerte. „Und mir auch. Danke, Pam."

Bevor Pam antworten konnte, kamen zwei uniformierte Männer in den Saal gerannt. Reva nahm den Fuß von Grants Nacken und atmete erleichtert auf.

Der Albtraum war vorüber. Endgültig.

„Haiiiii-jaaa!"

Michael vollführte hintereinander mehrere schnelle Armbewegungen, drehte sich zweimal um die eigene Achse und trat mit dem Fuß gegen das Wohnzimmersofa.

Die Couch knarzte und rutschte ein paar Zentimeter nach vorn. Michael stieß einen weiteren Kampfschrei aus und spulte wieder sein Ninja-Kämpfer-Programm ab. Dann rannte er zum Christbaum und sah der Reihe nach alle Päckchen durch, die darunter lagen.

Reva schenkte zwei Tassen heißen Punsch ein und reichte sie Pam und Willow, die am Kamin saßen. Dann füllte sie sich selbst eine Tasse und drehte das Radio an.

Leise Weihnachtsmusik ertönte.

„Ich kann es gar nicht glauben, dass schon Heiligabend ist", sagte Pam. „Nach all den schrecklichen Ereignissen habe ich Weihnachten fast vergessen."

Willow lachte. „Ich nicht. Wir haben zwei freie Tage. So etwas würde ich niemals vergessen."

Reva ließ sich in einen der Armsessel fallen und nippte an ihrem Punsch. „Ich verstehe noch immer nicht, warum ihr diesen ätzenden Job nicht hinschmeißt."

„Ganz einfach." Willow lachte und warf den Kopf zurück, sodass ihr kleines Nasenpiercing im Feuerschein glitzerte. „Wir brauchen das Geld."

„Willow hat recht. Jetzt, da die Modenschau abgesagt ist, müssen wir eben wieder arbeiten." Pam grinste. „Aber wenn unser eigenes Modelabel erst mal bekannt ist, können uns die Versicherungsfuzzis gernhaben."

Reva lächelte zurück. Die Modenschau war vom Tisch. Doch ihr Vater hatte beschlossen, ein paar von Pams und Willows anderen Entwürfen das ganze Jahr über im Programm zu führen.

Seidentops, Tücher und sogar ein paar Kleider würden bei *Dalby's* zum Verkauf stehen, sobald Pam und Willow sie fertig hatten.

Und sie würden unter dem Label *Pam Willow* vermarktet werden.

Reva freute sich für die beiden. Obwohl sie mit der neuen kleinen Modefirma nichts zu tun hatte, fand sie noch immer, dass *Revas Collection* ein sehr viel besserer Markenname war. Aber das behielt sie lieber für sich.

Schließlich war Weihnachten.

„Reva, guck mal!", rief Michael und hielt ein großes rotes Päckchen hoch. „Das hier ist für mich!"

„Schüttle es nicht so wild!", warnte Reva ihn. „Und versuch nicht wieder, durchs Geschenkpapier zu spitzen. Die Bescherung ist später."

Michael legte das Päckchen vorsichtig zurück und machte ein enttäuschtes Gesicht. Dann sprang er auf und rannte zur Couch, das Bein zu einem weiteren Ninja-Tritt erhoben.

„Haiiiii-jaaa!"

Mit einem schabenden Geräusch ruckte das Sofa wieder ein Stück nach vorne.

„Bekommt das Parkett da keine Kratzer?", fragte Pam. „Vielleicht sollte er lieber damit aufhören."

„Ach, lass ihn doch", meinte Reva. „Manchmal ist es nicht schlecht, einen Ninja-Kämpfer im Haus zu haben."

„Stimmt", schaltete sich Willow ein. „Zu dumm, dass er nicht da war, als Grant Ellie fast erwürgt hat und dann auch noch auf dich losging, Reva."

„An diesem Abend habe ich gar keinen Ninja gebraucht. Ich hatte ja Pam", erwiderte Reva und lächelte ihre Cousine an. „Ich muss mich noch einmal bei dir bedanken, Pam. Du hast mir das Leben gerettet."

Pam wickelte sich ihren Pferdeschwanz um den Finger und wurde rot. „Na ja, eigentlich war es nicht *ich*, die dir das Leben gerettet hat, sondern das grüne Tuch."

Reva lachte. „Ja, da hast du wohl recht. Es eignet sich wirklich hervorragend als Fußfessel. Daran erkennt man die gute Qualität eurer Tücher!" Sie nippte wieder an ihrer Tasse. „Ich habe schon überlegt, mir selbst eines zuzulegen. Habt ihr eine Ahnung, wo es die zu kaufen gibt?"

„Du musst dir keines kaufen." Pam ging zum Weihnachtsbaum und nahm ein Päckchen, das in schimmernde grüne Geschenkfolie verpackt war. Sie hielt es Reva hin und grinste. „Rat mal, was du von mir zu Weihnachten bekommst!"

Über den Autor

„Woher nehmen Sie Ihre Ideen?"
Diese Frage bekommt R. L. Stine besonders oft
zu hören. „Ich weiß nicht, wo meine Ideen herkommen",
sagt der Erfinder der Reihen *Fear Street*
und *Fear Street Geisterstunde*. „Aber ich weiß,
dass ich noch viel mehr unheimliche Geschichten
im Kopf habe, und ich kann es kaum erwarten,
sie niederzuschreiben."
Bisher hat er mehrere Hundert Kriminalromane
und Thriller für Jugendliche geschrieben, die
in den USA alle Bestseller sind.
R. L. Stine wuchs in Columbo, Ohio, auf.
Heute lebt er mit seiner Frau Jane und seinem Sohn Matt
unweit des Central Parks in New York.